# Der Mann im Hintergrund

Edgar Wallace

# Impressum

Autor: Edgar Wallace
Übersetzung: Hans Herdegen
Umschlagkonzept: toepferschumann, Berlin

Verlag: tradition GmbH, Hamburg
ISBN: 978-3-8472-3690-0
Printed in Germany

Ziel der TREDITION CLASSICS ist es, tausende deutsch- und
fremdsprachige Klassiker wieder in Buchform verfügbar zu
machen. Die Werke wurden eingescannt und digitalisiert. Dadurch
können etwaige Fehler nicht komplett ausgeschlossen werden.
Unsere Kooperationspartner und wir von tredition versuchen, die
Werke bestmöglich zu bearbeiten. Sollten Sie trotzdem einen Fehler
finden, bitten wir diesen zu entschuldigen. Die Rechtschreibung der
Originalausgabe wurde unverändert übernommen. Daher können
sich hinsichtlich der Schreibweise Widersprüche zu der heutigen
Rechtschreibung ergeben.

Tucholsky Wagner Zola Scott Sydow Freud Schlegel
Turgenev Wallace Fonatne

Twain Walther von der Vogelweide Fouqué Friedrich II. von Preußen
Weber Freiligrath

Fechner Kant Ernst Frey
Fichte Weiße Rose von Fallersleben Richthofen Frommel

Engels Fielding Hölderlin Tacitus Dumas
Fehrs Faber Flaubert Eichendorff

Eliasberg Ebner Eschenbach
Feuerbach Maximilian I. von Habsburg Fock Eliot Zweig
Ewald Vergil

Goethe Elisabeth von Österreich London
Mendelssohn Balzac Shakespeare Dostojewski Ganghofer
Lichtenberg Rathenau Doyle

Trackl Stevenson Hambruch Gjellerup
Mommsen Tolstoi Lenz Hanrieder Droste-Hülshoff
Thoma von Arnim

Dach Verne Hägele Hauff Humboldt
Reuter Hagen Hauptmann

Karrillon Garschin Rousseau Gautier

Damaschke Defoe Hebbel Baudelaire
Descartes Hegel Kussmaul Herder

Wolfram von Eschenbach Dickens Schopenhauer Rilke George
Bronner Darwin Melville Grimm Jerome Bebel

Campe Horváth Aristoteles Proust
Bismarck Vigny Barlach Voltaire Federer Herodot
Gengenbach Heine

Storm Casanova Tersteegen Grillparzer Georgy
Chamberlain Lessing Langbein Gilm Gryphius

Brentano Lafontaine
Strachwitz Claudius Schiller Kralik Iffland Sokrates
Bellamy Schilling

Katharina II. von Rußland Gerstäcker Raabe Gibbon Tschechow

Löns Hesse Hoffmann Gogol Wilde Vulpius
Luther Heym Hofmannsthal Gleim
Roth Klee Hölty Morgenstern Goedicke
Luxemburg Heyse Klopstock Kleist
La Roche Puschkin Homer Mörike Musil
Machiavelli Horaz
Navarra Aurel Musset Kierkegaard Kraft Kraus
Nestroy Marie de France Lamprecht Kind Kirchhoff Hugo Moltke

Laotse Ipsen Liebknecht
Nietzsche Nansen Ringelnatz
Marx Lassalle Gorki Klett Leibniz
von Ossietzky May vom Stein Lawrence Irving
Petalozzi Knigge
Platon Pückler Michelangelo Kafka
Sachs Poe Liebermann Kock Korolenko
de Sade Praetorius Mistral Zetkin

Der Verlag tredition aus Hamburg veröffentlicht in der Reihe **TREDITION CLASSICS** Werke aus mehr als zwei Jahrtausenden. Diese waren zu einem Großteil vergriffen oder nur noch antiquarisch erhältlich.

Symbolfigur für **TREDITION CLASSICS** ist Johannes Gutenberg (1400 — 1468), der Erfinder des Buchdrucks mit Metalllettern und der Druckerpresse.

Mit der Buchreihe **TREDITION CLASSICS** verfolgt tredition das Ziel, tausende Klassiker der Weltliteratur verschiedener Sprachen wieder als gedruckte Bücher aufzulegen – und das weltweit!

Die Buchreihe dient zur Bewahrung der Literatur und Förderung der Kultur. Sie trägt so dazu bei, dass viele tausend Werke nicht in Vergessenheit geraten.

Text der Originalausgabe

Edgar Wallace

# Der Mann im Hintergrund

Titel des englischen Originals:
*The Shadow Man.*

Ins Deutsche übertragen von
Hans Herdegen.

Kriminal-Roman

# 1

Mr. Reeder reiste nach den Vereinigten Staaten, um bei der Aufklärung einer großen Unterschlagungsaffäre mitzuhelfen; es handelte sich dabei um den Fall der Gessler-Bank.

Selbstverständlich wurde er bei seiner Ankunft in New York von den Spitzen der städtischen Polizei wie ein Prinz aus königlicher Familie empfangen. Die Polizeibeamten dieser Riesenstadt waren nicht nur äußerst höflich zu ihm, sondern bewiesen auch, daß sie an Originale jeder Art gewöhnt waren.

Es lächelte also niemand über die ein wenig altmodische Kleidung des Detektivs, und keiner hätte sich eine boshafte Bemerkung über seinen steifen Filzhut und seinen Selbstbinder erlaubt. Jeder sah in ihm nur den berühmten Kriminalisten und ließ sich nicht durch sein zurückhaltendes und fast schüchternes Wesen täuschen.

Mr. Reeder blieb nur verhältnismäßig kurze Zeit in den USA, aber immerhin fand er Gelegenheit, den Polizeiapparat der vier größten amerikanischen Städte zu studieren. Unter anderem besuchte er das Zuchthaus in Atlanta, und zwei Tage vor seiner Abfahrt ließ er es sich nicht nehmen, auch noch nach Ossning zu fahren. Dort öffneten sich vor ihm die gewaltigen Stahltore von Sing-Sing, und geführt von dem Gefängnisdirektor persönlich, lernte er alle Einrichtungen dieses weltberühmten Zuchthauses kennen – angefangen von der Gefangenenkartei bis zu dem Raum, wo der elektrische Stuhl stand.

»Es wäre mir sehr lieb gewesen, wenn Sie sich einmal einen bestimmten Häftling näher angesehen hätten«, sagte der Gefängnisdirektor, kurz bevor er sich von ihm verabschiedete. »Es handelt sich um einen Engländer – einen Mann namens Redsack. Haben Sie jemals etwas von dem Burschen gehört?«

Mr. Reeder schüttelte den Kopf.

»Leider gibt es eine ganze Menge von Leuten, deren Existenz ich bisher noch nicht in meinem Gedächtnis registriert habe«, erwiderte er fast entschuldigend in seiner etwas umständlichen Art. »Dazu gehört auch Mr. Redsack. Wird er Ihnen noch lange zur Last fallen?«

»Er muß eine lebenslängliche Zuchthausstrafe absitzen«, entgegnete der Direktor, »und er darf noch froh sein, daß er nicht auf dem elektrischen Stuhl gelandet ist. Aus drei verschiedenen Gefängnissen konnte er schon ausbrechen, aber hier in Sing-Sing wird ihm das nicht gelingen. Er ist einer der gefährlichsten Verbrecher, die wir jemals beherbergten.«

»Ich würde ihn gerne sehen.«

»Im Augenblick kann ich Ihnen Redsack leider nicht vorführen. Wir mußten ihn nämlich in eine Strafzelle stecken, weil er wieder einmal einen Ausbruchsversuch gemacht hat. Eigentlich hatte ich angenommen, daß Sie ihn kennen würden. Viermal ist er in den USA schon verurteilt worden, und er hat wahrscheinlich mehr Morde auf dem Gewissen, als wir ahnen. Dabei ist er einer der klügsten Burschen, die mir je unter die Hände gekommen sind.«

»Ich habe bis jetzt noch keinen wirklich intelligenten Verbrecher kennengelernt. Nur schade, daß Redsack seine Straftaten nicht in England begangen hat.«

»Warum schade?« fragte der Direktor erstaunt.

»Dann wäre er nämlich jetzt nicht mehr am Leben«, erwiderte Mr. Reeder und seufzte.

In diesem Winter fuhren die Schiffe von New York nicht gerade regelmäßig ab; das Wetter war sehr schlecht. Auch der Dampfer, den Mr. Reeder wählte, hatte eine Verspätung von vierundzwanzig Stunden. So füllte er die Wartezeit damit aus, die Akten des Polizeipräsidiums von New York zu studieren. Besonders interessierten ihn dabei Angaben über die Person dieses Mr. Redsack.

Mr. Reeder staunte, als er einen ziemlich dicken Ordner durchblätterte. Redsack war anscheinend ein ziemlich gerissener Verbrecher. Es existierten zwar viele Fotos von ihm, aber er hatte es immer wieder verstanden, sich auf jedem davon ein anderes Aussehen zu geben. Sein Geburtsort war Vancouver in Kanada, in London wurde er erzogen. Schon mit dreißig Jahren hatte er so zahlreiche Gaunereien verübt, daß er in Verbrecherkreisen hohes Ansehen genoß.

Der Mann schien wirklich klug zu sein. Er hatte es verstanden, sich bereits dreimal mit außergewöhnlicher Schlauheit aus der Schlinge zu ziehen.

Das Schiff verließ New York gegen Mitternacht, und als Mr. Reeder sich schlafen legte, hatte er keine Ahnung, daß fünf Decks unter ihm der Mann als Heizer arbeitete, mit dem er sich noch vor kurzem so intensiv beschäftigt hatte.

Redsacks Flucht aus Sing-Sing war eine äußerst kühne Tat. Sie wirkte um so sensationeller, als er sie nicht vorher hatte planen können.

Jede Flucht ist ein abenteuerliches Unternehmen, doch die des Sträflings Redsack würde fast ans Unglaubhafte grenzen, wenn nicht ihre Begleitumstände in den Akten der amerikanischen Polizeibehörden genau niedergelegt worden wären. Glück, Geschicklichkeit – und vor allem eine Verknüpfung seltsamer Zufälle standen dem Gefangenen an jenem Tag bei.

Es war ein trüber Winternachmittag. Etwa ein Dutzend Sträflinge trabten im Kreis auf dem großen Hof des Zuchthauses umher. Sie wurden scharf bewacht, doch konnten es ihnen ihre Wächter schließlich nicht verbieten, über die hohe Gefängnismauer hinweg zu dem grauverhangenen Himmel emporzusehen. Ganz in der Nähe manövrierte ein Freiballon, der von einem benachbarten Militärflugplatz aufgestiegen war. Einige heftige Windböen hatten ihn von seinem Kurs abgetrieben und zu Boden gedrückt. Die Besatzung, die Wetterbeobachtungen anstellen sollte, bemühte sich verzweifelt, Ballast abzuwerfen, doch irgend etwas an dem Mechanismus der Abwurfvorrichtung für die Sandsäcke funktionierte nicht. Der Ballon sank tiefer und tiefer, bis er schließlich nur noch ungefähr fünfzig Meter über der Erdoberfläche dahingetrieben wurde.

Was die Sträflinge und ihre Wächter – auch diese beobachteten gespannt den Vorfall – nicht sahen, war das gleichzeitig als Haltetau bei einer Landung dienende Schleppseil des Ballons, das über den Boden schleifte.

Eine neue Windbö trieb den Ballon zur Seite. Er jagte jetzt nur dreißig Meter über dem Boden direkt auf das Gefängnis zu.

In Sekundenschnelle hatte er sich der Umfassungsmauer genähert und stand gleich darauf – riesengroß aus dieser Nähe – direkt über dem Hof. Das Schleppseil verfing sich einen Augenblick in den auf der Mauer angebrachten Eisenzacken und klatschte dann auf das Pflaster des Hofs, wo die Sträflinge in ihrer gleichförmigen Bewegung einen Augenblick erstarrten und, wie ihre Wachmannschaften, die Hälse nach oben reckten.

Was jetzt folgte, spielte sich im Bruchteil einer Sekunde ab. Der Ballon wurde über den Hof getrieben, das Schleppseil hatte schon fast die gegenüberliegende Mauer erreicht, als sich plötzlich ein Sträfling aus dem Kreis löste und mit einigen mächtigen Sätzen bei dem Seil war. Er packte es, eine neuerliche Bö warf den Ballon einige Dutzend Meter in die Höhe und jagte ihn gleichzeitig nach vorn. Bevor die verdutzten Wächter noch ihre Gewehre von den Schultern gerissen hatten, waren Ballon und Mann schon hinter einem nahen Gehölz verschwunden.

Die Besatzung des Ballons sah natürlich ihren ungebetenen Passagier, konnte aber beim besten Willen nichts gegen ihn unternehmen. Die Männer in der Gondel hatten alle Hände voll zu tun, die Abwurfvorrichtung in Ordnung zu bringen, damit sie endlich aus der für sie gefährlichen Nähe des Erdbodens freikamen.

Dichtes Schneetreiben hatte eingesetzt. Der Ballon trieb ungefähr zwei Kilometer weit, und Redsack – so hieß der Sträfling, der diese tollkühne Flucht gewagt hatte – wurden allmählich die Finger klamm. Er mußte damit rechnen, daß es der Ballonbesatzung jede Minute gelingen konnte, Ballast abzuwerfen – und dann würde es steil in die Höhe gehen. Er blickte unter sich ... Die Gelegenheit war günstig, der Ballon wurde in diesem Moment wieder zu Boden gedrückt. Noch zwanzig Meter Abstand zwischen ihm und der tief verschneiten Erdoberfläche – noch fünfzehn Meter – noch zehn Meter – mit dem Mut der Verzweiflung ließ er los und landete sich überschlagend in einer tiefen Schneewehe, die wie für einen solchen Zweck geschaffen, vom Wind an einer Straßenböschung aufgehäuft worden war.

Genau das Richtige für seine Zwecke war auch der kleine Fordwagen, der zehn Meter weiter am Straßenrand parkte. Er gehörte einem Sonntagsjäger, der mit seiner Schrotflinte hier in der Gegend auf den Krähenstrich gegangen war. Eine zweite Flinte, die für einen Freund gedacht gewesen war, der ihn eigentlich hatte begleiten wollen, lag auf dem Rücksitz. Mr. Redsack stieg ein und hielt eine halbe Stunde später vor einer Bank in einer kleinen Stadt, ungefähr zehn Meilen von Jersey City entfernt.

Er verließ den Wagen mit einem doppelläufigen Gewehr unter dem Arm und ging in die Bank. Es war eine Minute vor Schluß, und im Schalterraum befanden sich nur noch der Kassierer und der Prokurist. Der letztere wollte gleich anschließend in Urlaub fahren und hatte sein Reisegepäck ins Büro mitgenommen.

Kurz darauf verließ Redsack die Bank mit einem Koffer in der Hand und sechstausend Dollar in der Tasche. Auch hatte er sich zwei Revolver angeeignet, die er in einer Schreibtischschublade gefunden hatte. Aus dem Keller, in dem er die beiden Bankbeamten einschloß, nahm er den Arbeitsanzug des Hausmeisters mit.

Bei der nächsten Gelegenheit warf er den Koffer in den Straßengraben und wechselte seine Sträflingskleidung in einem Gebüsch mit dem alten, abgetragenen Arbeitsanzug des Hausmeisters aus. Den Ford ließ er zwei Meilen von New Jersey City entfernt auf der Straße stehen. Dann stieg er in einen Bus.

Es war ihm klar, daß die Polizei hinter ihm her war, aber natürlich suchte sie nach einem Mann, der die Kleider des Prokuristen trug. So durfte er ziemlich sicher sein, daß man ihn nicht erkennen würde. Er hatte noch keine festen Pläne, als er zum Hafen von New York fuhr.

Dort brauchte er aber nur kurze Zeit, um sich über seine nächsten Schritte klarzuwerden; von da ab ging alles glatt.

Heizer waren stets gesucht, und so wurde er gleich der ersten Wache zugeteilt und war damit beschäftigt, Kohlen ins Feuer zu werfen, bevor der Dampfer den Hafen von New York verließ.

Als die Beamten von Scotland Yard später den Fall Redsack bearbeiteten, schüttelten sie die Köpfe. Es war doch ein eigenartiger Zufall, daß Redsack ausgerechnet an dem Tag aus der Strafzelle herauskam, als die Geschichte mit dem Wetterballon passierte. Wenn Mr. Reeder ihn wenigstens vorher gesehen hätte, dann wäre viel Mühe und Arbeit gespart worden. Und wahrscheinlich wäre

auch die große Betrugssache bei der L. und O.-Bank nicht vorgekommen.

Mr. Reeder hatte übrigens diesen intelligenten Verbrecher durchaus nicht vergessen. Als er wieder in England war, ließ er sich sofort
alle Unterlagen über Redsack vorlegen, die in den Archiven von
Scotland Yard schlummerten. Er notierte sogar die wichtigsten Sta-
tionen auf dem Lebensweg Mr. Redsacks, denn er war der Meinung, daß jedes Verbrechen in irgendeiner abgewandelten Form
später wieder einmal auftauchen würde.

Merkwürdigerweise dachte er aber nicht im entferntesten an
Redsack, als die L. und O.-Bank beraubt wurde.

# 2

Mr. Reeder ging nur selten ins Theater, und wenn er es einmal tat, dann suchte er sich meistens ein klassisches, möglichst romantisches Stück aus. Die modernen Inszenierungen sagten ihm wenig zu.

Eines Abends ließ er sich dazu verleiten, den Kriminalreißer ›Herzen in Flammen‹ anzusehen. Es war eine Enttäuschung, er wußte bereits nach dem ersten Akt, wer der Täter war, und von da ab interessierte ihn das ganze Stück nicht mehr.

In der Pause zwischen dem ersten und zweiten Akt schlenderte er im Foyer auf und ab und rauchte eine billige Zigarette. Nach der Pause, wenn die Zuschauer wieder auf ihren Plätzen saßen und es weniger auffiel, wollte er sich Mantel und Hut holen und nach Hausegehen.

Zu diesem Entschluß war er gerade gekommen, als ein eleganter Herr auf ihn zutrat. Der Mann war groß und stattlich, er machte einen ausgesprochenen distinguierten Eindruck. Seine Hände waren sorgsam gepflegt, und auf seinem Gesicht lag ein stereotypes Lächeln, das seinen Zügen so angegossen schien wie sein Anzug seiner Figur.

Als Mr. Reeder den Herrn auf sich zukommen sah, schoß ihm der Gedanke durch den Kopf, daß es vielleicht doch besser wäre, schnell in den Zuschauerraum zurückzugehen und auch den zweiten Akt über sich ergehen zu lassen.

»Sicher habe ich das Vergnügen mit Mr. Reeder«, sprach ihn der Fremde an. »Mein Name ist Hallaty. Ich bin Geschäftsführer bei der L. und O.-Bank in Gunnersbury. Erinnern Sie sich nicht mehr, daß Sie mich seinerzeit in meinem Büro aufsuchten? Es handelte sich um einen Angestellten, der Schecks gefälscht hatte.«

Mr. Reeder setzte seine Brille auf und betrachtete den Mann genauer.

»Ja – jetzt fällt es mir wieder ein, daß die L. und O.-Bank auch eine Niederlassung in Gunnersbury hat. Diese großen Banken errichten ja heutzutage überall Filialen.«

»Ich bin einigermaßen überrascht, Sie im Theater zu treffen«, fuhr Mr. Hallaty lächelnd fort.

»Man sieht mich hier auch nur selten«, erwiderte Reeder kurz.

»Ich habe mich vorher mit Lord Lintil unterhalten, den Sie ja wahrscheinlich auch kennen. Wir sind gut miteinander bekannt, ich möchte fast sagen – befreundet.«

Diese Worte machten offenbar Eindruck auf Mr. Reeder.

»So?« sagte er respektvoll. »Ich habe Lord Lintil seit seinem dritten Bankrott allerdings noch nicht wiedergesehen. Er ist entschieden ein interessanter Mann.«

Mr. Hallaty versuchte, sich seinen Ärger nicht anmerken zu lassen.

»So etwas kann jedem einmal passieren«, meinte er dann.

»Haben Sie mit ihm auch über mich gesprochen?« fragte Mr. Reeder.

»Ich sagte ihm nur, daß Sie ein ziemlich kluger Mann sein müßten«, entgegnete Hallaty ausweichend.

Mr. Reeder war dieses Lob unangenehm.

»Wir unterhielten uns hauptsächlich über diese Betrugsaffären bei Banken, die jetzt immer häufiger vorkommen. Es ist anscheinend ziemlich schwierig, die Leute, die solche Verbrechen begehen, zu fassen. Sie sind doch auch der Meinung, Mr. Reeder, daß hier exemplarische Strafen am Platz wären?«

»Ja, das ist kein schlechter Gedanke.«

Der Detektiv war gespannt, was dieser Mann eigentlich von ihm wollte.

»Was mich interessieren würde, Mr. Reeder – Sie verwenden zur Aufklärung von Verbrechen wahrscheinlich ein ganz bestimmtes System, wie?«

»Höchstwahrscheinlich tue ich das.« Mr. Reeder sah auf die Uhr. »Entschuldigen Sie mich jetzt bitte, ich möchte mir den zweiten Akt ansehen«, schwindelte er skrupellos.

»Es ist seit jeher mein geheimer Wunsch, einmal selbst bei der Aufklärung eines Verbrechens mithelfen zu können«, fuhr Mr. Hallaty unbekümmert fort. »Es gibt da so eine Redensart, daß man am besten einen Dieb dazu anstellt, einen anderen zu fangen.«

Mr. Reeder tat so, als ob er den Scherz nicht verstünde.

»Wollen Sie damit etwa sagen, Mr. ..., wie war doch Ihr Name?«

Mr. Hallaty wurde rot.

Glücklicherweise klingelte es in diesem Augenblick zum drittenmal, und Mr. Reeder hatte einen Grund, sich zu entfernen. Leider war sein Opfer umsonst, denn als er nach dem zweiten und noch schlechteren Akt das Theater verließ, sah er zu seinem Schrecken, daß Mr. Hallaty auf ihn wartete.

»Darf ich Sie einladen, in meinem Klub ein Glas mit mir zu trinken?«

Mr. Reeder schüttelte energisch den Kopf.

»Sehr liebenswürdig von Ihnen, Mr. ...« Hallaty sagte ihm aufs neue seinen Namen. »Im allgemeinen besuche ich aber keine Klubs und trinke auch keinen Alkohol.«

»Darf ich Sie dann wenigstens in meinem Wagen ein Stück mitnehmen?«

Mr. Reeder erwiderte, daß er lieber zu Fuß nach Hause gehen würde.

»Aber soviel ich weiß, wohnen Sie doch ziemlich weit draußen in Brockley?«

»Ganz richtig. Und den ganzen Weg dorthin mache ich zu Fuß. Soll gut für den Blutdruck sein.«

Er begann sich über die Zudringlichkeit und Hartnäckigkeit Mr. Hallatys zu wundern. Wenn er auch als berühmter Kriminalist viel mit Leuten verkehren mußte, die sich aus den unmöglichsten Gründen an ihn heranmachten, war ihm diese selbstsichere Unverfrorenheit doch ein wenig zuviel.

Mit einem Kopfnicken verabschiedete er sich und suchte ein Restaurant auf, um ein Glas Milch zu trinken und ein paar belegte Brote zu essen. Aber der Appetit verging ihm, als Mr. Hallaty wieder vor ihm auftauchte und sich einfach an seinen Tisch setzte. Er ließ Milch und Butterbrote stehen und hörte schweigend den langatmigen Ausführungen von Mr. Hallaty über Verbrechen und deren Verhütung zu.

»Ein Verbrecher müßte es schon schlau anfangen, wenn er mich täuschen wollte! Ich durchschaue die meisten Menschen auf den ersten Blick«, erklärte Hallaty und steckte sich eine dicke Zigarre an.

Mr. Reeder betrachtete angelegentlich ein Plakat mit der Aufschrift ›Rauchen verboten‹.

»Sie haben doch hoffentlich nichts dagegen, daß ich rauche?« fragte Mr. Hallaty.

»Doch, es ist mir unangenehm.«

Der andere lachte und ließ sich nicht stören.

»Ich persönlich bin davon überzeugt, daß es wenig wirklich kluge Berufsverbrecher gibt. Wenn sie an einen nur einigermaßen über dem Durchschnitt stehenden Geschäftsmann geraten, sind sie schnell mit ihrer Weisheit am Ende.«

Mr. Hallaty plauderte noch eine Zeitlang selbstgefällig weiter, bis Mr. Reeder schließlich die Geduld verlor.

»Bitte, lassen Sie mich jetzt allein. Ich möchte meine Mahlzeit gern in Ruhe beenden.«

Jetzt endlich merkte Hallaty, daß er mit seiner Unverfrorenheit zu weit gegangen war und entschuldigte sich. Rasch stand er auf und verließ das Lokal, ohne seine Tasse Tee bezahlt zu haben.

Als der Detektiv später über das Gespräch nachdachte, das er mit Mr. Hallaty geführt hatte, fiel ihm auf, daß der sich hauptsächlich danach erkundigt hatte, wie die Verfolgung von entsprungenen Sträflingen durchgeführt wurde. Zu Hause schrieb er den Namen Hallaty in ein kleines Buch, auf dessen Einband ein großes Fragezeichen stand.

Aber es schien eigentlich unmöglich, daß ein Mann, der so offen über Verbrechen sprach, selbst etwas auf dem Kerbholz hatte. Verbrecher hüteten sich für gewöhnlich, in der Öffentlichkeit aufzufallen.

Hallaty hatte gesagt, daß er der Geschäftsführer der London und Orient-Bank in Gunnersbury sei, und das stimmte auch, wie Mr. Reeder feststellen konnte. Er bewohnte ein Apartment in der Albemarle Street, fuhr seinen Wagen meist selbst, hielt sich aber einen Chauffeur und einen Diener und hatte einen großen Freundeskreis. Außerdem besaß er noch eine kleinere Wohnung in Hammersmith, wo er die meiste freie Zeit verbrachte.

Die L. und O.-Bank unterhielt eine bedeutende Niederlassung in Gunnersbury. Eine Reihe größerer Elektrizitätsgesellschaften hatte dort ihre Konten, ebenso die Gaswerke von Kelson und verschiedene andere Firmen und Fabriken.

\*

Etwa einen Monat nach der Unterhaltung mit Mr. Reeder suchte Hallaty die Londoner Filiale der Ninth Avenue Bank in der Lombard Street auf. Er erklärte dort, daß einer seiner besten Kunden, ein englisch-amerikanischer Konzern, eine größere Summe in amerikanischen Banknoten brauche, und erkundigte sieh, ob die Ninth Avenue Bank in der Lage wäre, den nötigen Betrag von fünfundsiebzigtausend Dollar zu liefern.

Die Angestellten der amerikanischen Bank waren sehr liebenswürdig und versicherten Mr. Hallaty, daß das Geld für ihn bereitliegen würde. Am Freitagnachmittag erschien Hallaty, zahlte die englischen Banknoten ein und erhielt das amerikanische Geld dafür.

Die Direktion der L. und O.-Bank berief am selben Nachmittag eine dringende Konferenz ein.

»Ich mache mir Sorgen wegen dieses Hallaty«, sagte der Generaldirektor. »Einer unserer Detektive hat herausgebracht, daß er ziemlich über seine Verhältnisse lebt.«

»Wie hoch ist denn sein Gehalt?« fragte einer der Anwesenden.

»Nicht ganz tausend Pfund im Jahr.«

Es folgte ein peinliches Schweigen.

»Er ist ein tüchtiger Mann, vielleicht hat er sein Geld gut angelegt.«

Die Frage wurde noch akuter, als ein Beamter erschien und dem Generaldirektor von einem Telefongespräch berichtete. Eine andere amerikanische Bank – die Dyers-Bank – meldete, daß Mr. Hallaty eben eine Summe von zehntausend Pfund in amerikanischen Banknoten umgewechselt hätte. Am Vormittag hatte er das Geschäft telefonisch vorbereitet und dabei angegeben, daß die Brite-Lite-Gesellschaft das Geld benötige. Die Leitung der Dyers-Bank hatte jedoch Verdacht geschöpft, als der Kassierer meldete, daß Mr. Hallaty die Hundertdollarscheine in eine Aktentasche gesteckt hatte, die bereits halb mit amerikanischen Geldscheinen gefüllt war.

Diese Nachricht rief große Bestürzung hervor. Sofort wurde ein Bankdetektiv nach Gunnersbury geschickt, der jedoch Mr. Hallaty nicht mehr antraf. Auch die Schlüssel zum Geldtresor fehlten.

Als der Detektiv den Safe mit einem zweiten Schlüssel, der in der Direktion aufbewahrt wurde, öffnete, fand er dort nur noch einige Bündel von Zehnschilling- und Pfundnoten.

Mr. Hallaty war weder in seiner Wohnung in Hammersmith, noch in der Albemarle Street anzutreffen.

*

Weitere Nachforschungen ergaben, daß Mr. Hallaty zu einem kleinen Privatflugplatz gefahren war, wo stets ein Sportflugzeug für ihn bereitstand. Ein Mechaniker wollte die Maschine für Mr. Hallaty startklar machen, entdeckte jedoch, daß die Tragflächen von unbekannten Tätern beschädigt worden waren.

Als Mr. Hallaty sich den Schaden besehen hatte, war er totenbleich geworden, wieder in seinen Wagen gestiegen und mit seinen Koffern davongefahren.

Von diesem Augenblick an wurde Mr. Hallaty nicht mehr gesehen. Er tauchte in London unter, niemand wußte, wo er sich aufhielt.

Der Verlust von zweiundsiebzigtausend Pfund ist für eine Bank schon eine ernste Angelegenheit, es stellte sich aber heraus, daß Mr. Hallaty noch andere Betrügereien verübt hatte. Er war dabei sehr schlau vorgegangen, denn er kannte die Geschäftsmethoden der Banken bis in jede Einzelheit. Als die Bücher revidiert wurden, merkte man, daß er über eine Viertelmillion Pfund veruntreut hatte.

Drei Tage nach Hallatys Verschwinden wurde Mr. Reeder benachrichtigt, und der Direktor der Bank war außerordentlich erleichtert, als er sofort die Untersuchung des Falles übernahm.

»Sie wissen ja, was hier vorgefallen ist«, wandte er sich an den Detektiv. »Wir möchten die ganze Angelegenheit vertrauensvoll in Ihre Hände legen. Vielleicht wäre es besser gewesen, wenn wir Sie schon früher gerufen hätten?«

Mr. Reeder erwiderte, daß er ihm in diesem Punkt nur recht geben könne.

»Hier sind unsere ganzen Unterlagen«, seufzte der Generaldirektor und schob ihm einen dicken Aktenordner über den Tisch zu. »Die Polizei hat mir bis jetzt wenig Hoffnungen gemacht, und ich muß sagen, daß ich kaum mehr damit rechne, Mr. Hallaty jemals wiederzusehen.«

Reeder rieb sich bedächtig das Kinn.

»Große Versprechungen kann ich Ihnen auch nicht machen«, sagte er. »Es ist genau derselbe Fall wie bei der Tynedale-Bank. Das gleiche hat sich bei der Manchester und Oldham-Bank ereignet, und bei der Devon-Bank liegt die Sache ähnlich. Man könnte fast den Eindruck gewinnen, daß hier nach einem bestimmten System vorgegangen wird ...«

Der Bankdirektor runzelte die Stirn.

»Wollen Sie damit andeuten, daß alle diese Betrügereien von einer einzigen Bande organisiert wurden?«

»Ich glaube, ja«, entgegnete Mr. Reeder liebenswürdig. »Wenn Sie sich die Mühe geben, die einzelnen Fälle miteinander zu vergleichen, werden Sie sofort begreifen, was ich meine. Jedesmal war es der Geschäftsführer einer größeren Bank, der unter irgendeinem Vorwand hohe Beträge in englischer Währung in Francs oder Dollars umwechselte. Immer geschah dies in London, und jedesmal war der Gauner wie vom Erdboden verschluckt.«

Der Direktor schaute ihn fassungslos an. Er wußte, daß Reeder der beste Spezialist für Bankverbrechen war, den es überhaupt gab, und konnte die Tragweite seiner Behauptung als Bankfachmann richtig würdigen.

»Sie haben zweifellos recht!«

*

Die Vereinigung der Bankfirmen hielt schon am nächsten Tag eine Sitzung ab, zu der auch Mr. Reeder zugezogen wurde. Er hielt nicht lange mit seiner Ansicht zurück, sondern erklärte geradeheraus, was er dachte.

»Ich gebe zu, daß ich mich nur ungern mit dieser Sache beschäftige«, schloß er seine Ausführungen. »Meine Theorien mögen Ihnen zu phantastisch erscheinen, aber ich wiederhole noch einmal, daß wir uns meiner Meinung nach diesmal einer Organisation gegenübersehen, die versucht, in ganz großem Maßstab die Banken zu schädigen.«

Der Vorsitzende der Vereinigung sah ihn ein wenig ungläubig an und schüttelte leicht den Kopf.

»Sie glauben also wirklich, Mr. Reeder, daß alle diese Gaunereien bei den verschiedenen Banken miteinander in Zusammenhang stehen?«

Mr. Reeder nickte feierlich.

»Es sieht tatsächlich so aus. Ich will mich zwar noch nicht endgültig festlegen, aber alle Anzeichen sprechen dafür, daß meine Ansicht richtig ist.«

Ein alter Bankier mit graumeliertem Haar wollte sich nicht überzeugen lassen.

»Ich halte das Ganze für Übertreibung! Derartige Verbrechen wirken nun einmal ansteckend – wenn jemand bei einer Unterschlagung Glück gehabt hat und entwischt ist, gibt es genug Leute, die dadurch in Versuchung geraten, es nachmachen zu wollen.«

Mr. Reeder schüttelte lächelnd den Kopf.

»Mit dieser Erklärung kommen wir nicht weit«, erwiderte er freundlich. »Wenn Sie recht hätten, müßten alle die in Frage stehenden Fälle durch die Presse publik geworden sein, in drei von fünf Fällen haben es die Banken aber verstanden, nicht das geringste durchsickern zu lassen. Leider wurde nicht einmal die Polizei immer ganz eingeweiht. Verstehen Sie mich richtig – ich behaupte, daß alle diese Betrügereien nach ein und demselben Schema ausgeführt wurden. In jedem Fall war der Gauner ein Mann, der in hohem Grade das Vertrauen der Bankdirektion besaß und ohne weiteres über große Summen verfügen konnte. Wir haben herausgefunden, daß die Betreffenden durch fehlgeschlagene Börsenspekulationen oder aus irgendwelchen anderen Gründen alle in eine Zwangslage geraten waren. Doch lassen Sie mich noch einmal die einzelnen Punkte anführen!«

Er zählte sie an den Fingern auf.

»Zunächst haben wir also jedesmal einen Geschäftsführer, der sich in einer schwierigen Lage befindet. Zweitens arbeitet er nach einem genau ausgeklügelten Plan, um das Geld aus der Bank herauszubekommen. An einem bestimmten Tag, an dem sich größere Beträge in den Banktresoren angesammelt haben, wechselt er das englische Geld in ausländische Devisen um und verschwindet dann. All das spielt sich in kaum vierundzwanzig Stunden ab. Und jetzt sagen Sie selbst, meine Herren«, erklärte Mr. Reeder mit Nachdruck. »Kann das ein Zufall sein? Je mehr ich es mir selbst überlege, desto fester bin ich davon überzeugt, daß wir es hier mit einer Organisation zu tun haben, die nicht nur den Plan zu den einzelnen Verbrechen ausarbeitet, sondern die auch den Leuten, die die Verbrechen begehen, die Flucht ins Ausland ermöglicht. Der wichtigste Punkt unserer Überlegungen sollte nun sein: Wie können wir die Zentrale dieser Organisation, sozusagen den Kopf der Bande, zu fassen bekommen? Es bleibt vorerst nur eine Möglichkeit – ich muß einen der Gauner erwischen, kurz bevor er sein Vorhaben ausführt. Einschalten möchte ich hier, daß ich fest damit rechne, von Ihnen in nächster Zeit über noch weitere Betrügereien zu hören! Ich brauche also von jeder Bank eine Liste derjenigen Angestellten, die irgendwie verdächtig erscheinen. Es liegt in Ihrem eigenen Interesse, meiner Bitte nachzukommen.«

Die einzelnen Banken folgten dieser Aufforderung sofort, und schon am nächsten Morgen erhielt Mr. Reeder die gewünschten

Listen. Im Verhältnis zu der großen Zahl der Angestellten waren es nur wenige Leute, denen man nicht traute. So hatten zum Beispiel ein Bankbeamter, hinter dessen Namen ein Fragezeichen stand, viel und hoch gewettet. Ein Verzeichnis der Buchmacher, mit denen er verkehrte, war dem Bericht beigefügt.

Reeder las die Listen langsam durch, bis er auf den Namen von L. G. H. Reigate stieß. Der Mann war achtundzwanzig Jahre alt und stellvertretender Geschäftsführer einer großen Bank. Seine Vorgesetzten waren etwas mißtrauisch geworden, seit sich herausgestellt hatte, daß er sich an Bodenspekulationen beteiligte und dabei ziemlich hereingefallen war. Seit einiger Zeit schon versuchte er vergeblich, eine Reihe wertloser Grundstücke wieder abzustoßen. Sein Gehalt betrug zwölfhundert Pfund im Jahr. Er lebte mit einer Halbschwester, die ihm den Haushalt führte, in einer kleinen Wohnung in Hamstead und hatte anscheinend keine Untugenden. Die meisten Abende verbrachte er zu Hause; er trank nicht, und sogar sein Zigarettenverbrauch war nur mäßig.

Dies alles entnahm Mr. Reeder dem Bericht des Bankdetektivs. Er prüfte auch die anderen Berichte sorgfältig, denn gerade aus Kleinigkeiten ließen sich oft wichtige Schlüsse ziehen.

Schließlich landete er mit seinen Überlegungen wieder bei Mr. Reigate. Er hatte das Gefühl, daß es sich lohnen würde, diesem Mann ein wenig auf den Zahn zu fühlen.

Mit seinen Nachforschungen hatte er bald Erfolg. Schon in der dritten Bank, bei der er anfragte – es handelte sich um eine kanadische Firma, erfuhr er, daß dort ein Auftrag vorlag, in den nächsten Tagen eine große Summe englischen Geldes in Dollars umzuwechseln. Der Auftrag war allerdings nicht von einem Bankbeamten, sondern von einem Kunden der Bank, bei der Mr. Reigate tätig war, erteilt worden. Mr. Reeder setzte seine Ermittlungen mit größter Vorsicht fort, und es gelang ihm, noch einen zweiten ähnlichen Auftrag desselben Mannes festzustellen.

Nun trug er dem Bankdirektor die Angelegenheit vor. Er erfuhr, daß Reigate ein sehr gewissenhafter junger Mann war, dem man außer Grundstücksspekulationen nichts vorwerfen konnte.

»Wer ist denn der Leiter dieser Bankfiliale?« fragte Mr. Reeder dann.

»Ein sehr tüchtiger Bankbeamter, dem man außer einer gewissen Neigung zum Jähzorn nichts nachsagen kann. Da er sich außerdem stets nur im Interesse der Bank aufregt, können wir uns nicht ernsthaft über ihn beschweren.«

Der Geschäftsführer, von dem hier die Rede war, hieß Wallat. Er hatte in derselben Woche ein sonderbares Erlebnis. Zu seiner Verwunderung erhielt er nämlich einen Brief von einem Herrn, auf dessen Namen er sich nicht besinnen konnte, der aber allem Anschein nach ein guter Kunde der Bank sein mußte. Der Brief lautete wie folgt:

›Ich möchte mich bei Ihnen erkundigen, ob Sie nicht auf einer Luxusjacht eine vierzehntägige Erholungsreise nach Norwegen machen wollen. Einer meiner Geschäftsfreunde hat zwei Plätze belegt, ist aber leider verhindert. Er hat die Plätze mir zur Verfügung gestellt, und ich kann sie ganz nach Belieben einem meiner Freunde überlassen. Da Sie mir in der letzten Zeit manchen Gefallen getan haben, möchte ich mich gern erkenntlich zeigen und sie Ihnen anbieten. Wahrscheinlich wissen Sie gar nicht, was Sie für mich getan haben, aber ich darf Ihnen versichern, daß Sie mir als einem alten Kunden Ihrer Bank – meinen richtigen Namen will ich nicht nennen – schon verschiedene Dienste erwiesen haben. Bitte nehmen Sie mein Angebot also an, Sie würden mir damit eine große Freude machen.‹

Merkwürdigerweise hatte Mr. Wallat eine Woche vorher gesprächsweise erwähnt, daß er sehr gerne einmal nach Norwegen fahren würde. Nun bot sich ihm plötzlich diese Gelegenheit! Er war zwar ein wenig verwundert, gab sich schließlich aber mit dem Gedanken zufrieden, daß es sich sicher um einen kauzigen reichen Sonderling handelte, wie sie ihm in seinem Beruf schon öfters begegnet waren.

Sein Urlaub war fällig, und Wallat stellte sofort bei der Direktion den Antrag, ihn antreten zu dürfen. Selbstverständlich erhielt er die Genehmigung und traf darauf in aller Eile seine Reisevorbereitungen.

Das Schiff sollte am Donnerstagabend in See stechen, und der Geschäftsführer brachte noch schnell verschiedene laufende Bankangelegenheiten in Ordnung. Am Dienstagmorgen hatte er plötzlich den Einfall, die Bücher noch einmal zu überprüfen, damit er auch wirklich ganz beruhigt fortfahren könne.

Was er dabei fand, jagte ihm einen so furchtbaren Schrecken ein, daß er alle Gedanken an eine Urlaubsreise vergaß. Am Mittwoch ließ er Mr. Reigate zu sich kommen, und der junge Mann war starr vor Entsetzen, als ihm sein Vorgesetzter alle Unregelmäßigkeiten vorhielt, die er begangen hatte.

Mr. Wallat war völlig außer sich, drohte mit sofortiger Anzeige bei der Polizei und rief auch tatsächlich das nächste Polizeirevier an, ohne sich zu überlegen, daß eine solche Entscheidung eigentlich nur die Direktion der Bank treffen konnte. Die Folgen waren nicht erfreulich, denn als er den Hörer wieder auflegte, mußte er entdecken, daß Reigate das Zimmer bereits verlassen hatte. Er rannte hinter ihm her und hatte auch das Glück, ihn auf der Straße einholen zu können und einem Polizisten zu übergeben.

Hätte Mr. Wallat nicht die Fassung verloren, dann hätte sich für die Bank vielleicht alles noch einrenken lassen. So aber wurde Reigate verhaftet und legte auch bald darauf ein Geständnis ab.

Die Direktoren der Bank waren wütend, denn nun würde es zu einer öffentlichen Verhandlung kommen; ziemlich ratlos wandten sie sich an Mr. Reeder, der ihnen seine Hilfe zusagte.

Leider hatte der Detektiv zunächst wenig Erfolg, als er sich mit Reigate unterhielt. Der junge Mann war so niedergeschlagen und verwirrt, daß nichts aus ihm herauszubringen war. Am nächsten Morgen wurde er dem Strafrichter vorgeführt, und man beschloß, das Verfahren gegen ihn zu eröffnen.

Der Vorsitzende nahm den Fall außerordentlich ernst, und als Reigate den Antrag stellte, ihn gegen Kaution freizulassen, wurde eine ziemlich hohe Summe festgesetzt, die er nicht bezahlen konnte. Er kam ins Gefängnis.

Am Nachmittag erschien jedoch Sir George Polkley und bürgte für ihn. Sir George war ein bekannter Reeder in Nordengland. Er wurde von einem Herrn begleitet, der einem Rechtsanwaltsbüro in Newcastle angehörte.

Noch am gleichen Nachmittag entließ man Reigate aus dem Gefängnis in Brixton.

Um sieben Uhr abends telefonierte Scotland Yard mit Mr. Reeder.

»Wissen Sie, daß Reigate heute nachmittag entlassen wurde, nachdem Sir George Polkley für ihn gebürgt hat?«

»Ja, das habe ich in der Zeitung gelesen«, entgegnete der Detektiv, »Mir ist bei der Sache nur schleierhaft, woher dieser Mr. Reigate einen Mann wie Sir George kennt.«

»Wir haben eben ein Telegramm der Rechtsanwälte von Sir George Polkey aus Newcastle erhalten. Darin wird uns mitgeteilt, daß man dort nichts von all diesen Vorgängen weiß. Sir George hält sich augenblicklich in Südfrankreich auf, und keiner der Anwälte war in London. Außerdem erklärten sie, daß ihnen ein Mann namens Reigate vollkommen unbekannt sei.«

Mr. Reeder, der es sich in einem Sessel bequem gemacht hatte, richtete sich plötzlich auf.

»Dann ist die ganze Angelegenheit also ein Schwindel? Wo ist denn Reigate?«

»Es wurde überall nach ihm gesucht, man konnte ihn aber nicht finden. Vom Gefängnis fuhr er in einem Taxi weg, und zwar in Begleitung des vermeintlichen Rechtsanwalts, und seither hat man nichts mehr von ihnen gesehen.«

Das war wieder eine Aufgabe nach dem Geschmack von Mr. Reeder. Wer hatte sich die Mühe gemacht, Reigate freizubekommen? Und was steckte dahinter? Seine Unterschlagungen – wenn sie überhaupt bewiesen werden konnten – beliefen sich bis jetzt höchstens auf ein paar hundert Pfund. Wer mochte also so ängstlich darum besorgt sein, daß der Mann sofort freigelassen wurde?

Kurz entschlossen ließ er sich beim Staatsanwalt melden.

»Eine merkwürdige Geschichte«, sagte er dort und fuhr sich mit der Hand durch sein dünnes Haar. »Aber vielleicht läßt sie sich sehr einfach erklären. Glücklicherweise kann ich mich gut in die Gedankenwelt eines Verbrechers versetzen!«

Der Staatsanwalt lächelte.

»Na, und wie reagieren Ihre verbrecherischen Instinkte auf die Vorgänge der letzten Tage?«

Mr. Reeder schüttelte besorgt den Kopf.

»Ich fürchte, es sieht schlecht aus – auf jeden Fall möchte ich nicht in der Haut von Mr. Reigate stecken!«

Der Staatsanwalt hatte zu der Unterredung mit Mr. Reeder auch den Geschäftsführer Wallat herbestellt, einen rundlichen, behäbig aussehenden Herrn, der stark schwitzte. Eine halbe Stunde lang saß er auf seiner Stuhlkante Mr. Reeder gegenüber und wischte sich dauernd mit dem Taschentuch den Schweiß von der Stirn.

»Die Herren von der Direktion sind wütend auf mich, Mr. Reeder«, erklärte er betrübt. »Und dabei bin ich jetzt jahrzehntelang bei der Bank, ohne daß das geringste vorgekommen wäre. Man kann mir höchstens vorwerfen, daß ich manchmal zu eifrig war ich brause so schnell auf –, aber auch das nur im Interesse der Bank! Natürlich war es ein Fehler, daß ich den Mann gleich verhaften ließ, aber ich war so wütend, daß ich nicht mehr wußte, was ich tat.«

»Schon gut, Mr. Wallat. Was sagten Sie vorher? Sie wollten gerade in Urlaub fahren. Das ist mir neu.«

Bereitwillig erzählte der Geschäftsführer von den beiden Schiffskarten und der geplanten Reise nach Norwegen. Zufällig hatte er sogar den Einladungsbrief bei sich. Mr. Reeder überflog das Schreiben schnell, dann führte er ein kurzes Telefongespräch.

»Die Adresse des Absenders kam mir irgendwie bekannt vor«, sagte er, als er wieder auflegte. »Leider ist es aber nur eine Scheinadresse; den Mann, der Ihnen den Brief geschrieben hat, gibt es gar nicht unter diesem Namen.«

»Aber er hat mir doch die Fahrkarten geschickt, und sie sind auf meinen Namen ausgestellt«, entgegnete Mr. Wallat triumphierend. Doch dann machte er ein enttäuschtes Gesicht. »Jetzt kann ich natürlich nicht verreisen.«

Mr. Reeder sah ihn vorwurfsvoll an.

»Ja, ich fürchte auch, daß Sie nicht fahren können. Aber ich bin davon überzeugt, daß es für Sie viel schlimmer ausgesehen hätte, wenn Sie tatsächlich nach Norwegen gereist wären! Diese Schiffskarten wurden Ihnen doch aus einem ganz bestimmten Grund zugesandt.

Wahrscheinlich wollte man Sie fort haben, damit Mr. Reigate die Geschäfte allein führen und größere Betrügereien begehen konnte.«

Mr. Reeder war teils überrascht, teils befriedigt. Dieser typische Fall bewies aufs neue, daß hinter den Bankbetrügereien eine mächtige Organisation stand.

Nachdem er sich von Mr. Wallat verabschiedet hatte, fuhr er mit einem Taxi nach Hampstead. Miss Dora Reigate war, kurz bevor er sie aufsuchte, nach Hause zurückgekehrt und hatte von der Verhaftung ihres Bruders bereits in den Abendzeitungen gelesen. Es fiel Mr. Reeder auf, daß sie die Angelegenheit verhältnismäßig ruhig aufnahm. Sie war ein schlankes, hübsches Mädchen, hatte braunes Haar und braune Augen und sah bedeutend jünger aus als vierundzwanzig.

»Ich habe noch keine Nachricht von meinem Bruder erhalten«, sagte sie. »Er ist zwar nur mein Halbbruder, aber wir verstehen uns gut, und ich bin sehr besorgt um ihn.«

Sie trat ans Fenster und schaute hinaus. Mr. Reeder sah, daß sie die Lippen zusammenpreßte und Tränen in ihren Augen standen.

Plötzlich drehte sie sich wieder um.

»Ich will Ihnen alles erzählen, Mr. Reeder.«

Als er ein wenig verwundert die Augenbrauen hochzog, lächelte sie.

»Sie haben mir zwar Ihren Namen noch nicht genannt, aber ich habe Sie trotzdem gleich erkannt. Sie sind ein berühmter Mann in London.«

Dieses Lob verwirrte ihn, aber er faßte sich schnell wieder.

»Nun, was wollten Sie mir denn erzählen?«

»Ich bin eigentlich erleichtert, daß es so gekommen ist. Das wollte ich Ihnen sagen. Ich habe schon seit längerer Zeit erwartet, daß John einmal verhaftet würde – er war in der letzten Zeit nicht mehr wiederzuerkennen. Finanziell hatte er schwere Sorgen; seine Fehlspekulationen müssen ihn um sein ganzes Geld gebracht haben. Erst in der vergangenen Woche habe ich ihm hundert Pfund von meinen eigenen Ersparnissen geliehen und war sehr froh, als er mir das Geld schon am nächsten Tag wieder zurückzahlte. Ich dachte, er hätte seine Schwierigkeiten endgültig überwunden, denn er gab mir nicht die hundert Pfund zurück, sondern fünf Hundertdollarscheine.«

»Was, er hat Ihnen amerikanische Banknoten gegeben?« unterbrach sie Mr. Reeder schnell.

Sie nickte.

»Ja, ich sagte es doch. Die Scheine habe ich auf meiner Bank eingezahlt.«

Mr. Reeder war höchst interessiert.

»Haben Sie eine Ahnung, woher er das Geld hatte?«

»Leider nicht. Ich weiß nur, daß ein ganzes Bündel Banknoten in seiner Brieftasche steckte.«

Nachdenklich strich sich der Detektiv mit der Hand über das Kinn, erwiderte aber nichts.

»Ich habe mir gleich gedacht, daß da irgend etwas nicht stimmte«, fuhr sie nach einige« Zeit besorgt fort. »Schließlich redete ich mir ein, daß er sich das Geld irgendwo geliehen hätte. Dazu paßte aber nicht, daß er sehr niedergeschlagen war – er sagte mir sogar, daß er vielleicht für einige Monate England verlassen müsse, ich solle mir in einem solchen Fall aber keine Sorgen machen.«

»Wie war er denn früher?«

»Oh, er war immer vergnügt und gut aufgelegt. Erst im letzten Jahr hat sich das geändert, als die Grundstücke, mit denen er spekulierte, plötzlich an Wert verloren. Ich glaube, daß er sehr viel verdient hat, bevor der plötzliche Rückschlag kam.«

»Hat er viele Bekannte und Freunde in London?«

»Nein, aus Gesellschaft machte er sich eigentlich nie viel.«

»Aber einige gute Freunde hat er doch sicher gehabt?«

»Nicht, daß ich wüßte, Mr. Reeder. Ab und zu kam zwar ein Mann in unsere Wohnung, aber das war eigentlich kein Freund von ihm – wohl eine Geschäftsbekanntschaft.« Sie zögerte. »Ich weiß nicht, ob ich meinem Bruder damit schade, wenn ich Ihnen das alles erzähle. Er ist im Grunde ein ehrlicher Mensch und nimmt seine Pflichten sehr genau. Aber in den letzten Monaten muß er allerhand mitgemacht haben. Die Bodenpreise sanken immer mehr, und er war ganz verzweifelt. In dieser Verfassung hat er dann Dinge getan, an die er früher nie gedacht hätte. Er litt unter starken Depressionen, und eines Abends sagte er mir, daß es für ihn besser sei, sein Gewissen zu beruhigen – selbst wenn er tatsächlich über alle diese Schwierigkeiten hinwegkäme. Er schrieb dann einen langen Brief an die Direktion der Bank. Die halbe Nacht saß er vor seinem Schreibtisch, aber später änderte er seine Absicht und schickte den Brief nicht ab. Am Morgen las er ihn noch einmal durch und warf ihn hinterher ins Feuer. Ich habe das Gefühl, Mr. Reeder, daß er nicht mehr Herr seiner Entschlüsse war, sondern daß jemand hinter ihm stand, dessen Befehle er ausführte.«

Mr. Reeder nickte.

»Das glaube ich auch, Miss Reigate. Und wenn Ihr Bruder ein solcher Mensch ist, wie Sie ihn schildern, wird er uns bestimmt manches sagen können.«

»Er stand unter dem Einfluß eines anderen«, entgegnete sie, »und ich glaube auch zu wissen, wer der Betreffende ist.«

Obwohl er sie drängte, ihm nähere Auskunft zu geben, konnte er nicht mehr aus ihr herausbringen.

»Darf ich ihm etwas ins Gefängnis schicken?« fragte sie und erfuhr jetzt erst, daß jemand für ihn gebürgt hatte und daß er seither auf geheimnisvolle Weise verschwunden war. Sie kannte nicht einmal den Namen von Sir George Polkley, und soviel sie wußte, stand ihr Bruder in keinerlei Verbindung mit ihm.

»Übrigens kennt mein Bruder Sie, Mr. Reeder«, erklärte sie dann plötzlich zu seinem Erstaunen. »Er hat zweimal Ihren Namen erwähnt, und einmal sagte er mir sogar, daß er die Absicht habe, Sie aufzusuchen und mit Ihnen zu sprechen.«

»Das hat er aber nicht getan. Er ist nie in meinem Büro gewesen.«

»Nein, dorthin wäre er auch nicht gekommen – er wollte Sie in Ihrem Haus in Brockley aufsuchen.« Mr. Reeder konstatierte überrascht, daß sie sogar die Hausnummer wußte. »Er hat mir erzählt, daß er einmal schon vor Ihrer Haustür gestanden hätte, daß ihm aber im letzten Augenblick dann doch der Mut fehlte, mit Ihnen zu sprechen.«

»Wann war das?«

»Vor ungefähr einem Monat.«

Als Mr. Reeder an diesem Abend nach Hause kam, war er sehr unzufrieden mit sich. Für gewöhnlich bereitete es ihm keine Schwierigkeiten, alle nur möglichen Schlußfolgerungen zu ziehen, wenn er – wie in diesem Fall – einen Anhaltspunkt hatte. Geduldig bearbeitete er dann eine Angelegenheit tage- und wochenlang. Es machte ihm auch nichts aus, wenn Monate und selbst Jahre daraus wurden. Aber hier hatte er zwar Anhaltspunkte genug, doch verwirrte ihn der Umstand, daß es sich um zwei verschiedene Fälle handelte, die einander zwar in allen Einzelheiten glichen, doch sonst auf keinen gemeinsamen Nenner zu bringen waren. Obwohl er hin und her überlegte, fand er keine Lösung.

Die Ruhe in seinen Räumen tat ihm wohl. Nur gedämpft drang der Verkehrslärm der Straße durch die dicken Mauern.

Mr. Reeder hatte hier, in der Stille seines Arbeitszimmers, die besten Einfälle. Manchmal saß er die ganze Nacht vor seinem Schreibtisch, baute Theorien auf, brachte sie selbst wieder zum Einsturz und errichtete schließlich ein logisches Gedankengebäude, das meistens den Schlußpunkt hinter die Laufbahn irgendeines Verbrechers setzte.

Besuch erhielt er kaum. Er war privat nicht sehr umgänglich und hatte deshalb auch keine Freunde. Die Leute in der Umgebung wußten kaum, was sie von ihm halten sollten; die meisten nahmen an, daß er längst pensioniert worden wäre.

So saß er denn jeden Abend vor seinem großen Schreibtisch bei einer Tasse Tee und einer Platte mit belegten Broten. Es war an diesem Abend nicht anders als sonst, nur, daß ihm heute beim besten Willen kein guter Gedanke zu kommen schien.

*

Der Verkehr auf der Hauptstraße, die sich unweit der Brockley Road hinzog, hatte um diese Abendstunde seinen Höhepunkt erreicht. Bei dem allgemeinen Durcheinander achtete zuerst keiner der vielen Passanten auf die ungewöhnliche Erscheinung eines Mannes, der plötzlich mitten auf der Fahrbahn stand; ein Taxichauffeur konnte gerade noch den Wagen zur Seite reißen, sonst hätte er ihn überfahren.

Der merkwürdige Passant trug einen Morgenrock über einem Schlafanzug und lief von einer Straßenseite zur anderen. Er hatte keine Schuhe an und war ohne Hut. Mit unglaublicher Schnelligkeit eilte er die Straße entlang und bog in die Brockley Road ein. Niemand hatte gesehen, woher er kam.

Ein Polizist versuchte ihn anzuhalten, aber es gelang ihm nicht. Der Mann lief durch die Brockley Road, bis er vor Mr. Reeders Haus stand. Dort zögerte er kurz Und schaute zu den erleuchteten Fenstern des Arbeitszimmers hinauf. Dann öffnete er das Gartentor und eilte zur Haustür.

Mr. Reeder hörte draußen Schreien und Lärmen, ging zum Fenster und sah hinaus. Er bemerkte den Fremden, der in größter Hast die Stufen zur Tür hinaufsprang. Gleich darauf hielt ein Motorradfahrer vor dem Gartentor, um das sich bereits eine kleine Menschenmenge ansammelte. Erst glaubte Mr. Reeder, daß der Knall, den er hörte, von einer Fehlzündung des Motors herrührte, mußte dann aber zu seinem Entsetzen feststellen, daß es ein Schuß war, dem noch mehrere folgten.

Der Motorradfahrer hatte aus einer Pistole gefeuert und jagte nun davon, ohne daß ihn jemand aufhalten konnte.

Reeder eilte die Treppen hinunter und riß die Haustür auf – ein Polizist kam eben in den Garten. Der Mann, der auf der obersten Stufe lag, trug einen auffallend bunt gemusterten Morgenrock.

Sie brachten ihn in den Hausflur, und Mr. Reeder knipste das Licht an. Ein Blick sagte ihm, was geschehen war.

Der Polizist drängte die Neugierigen zurück, schloß die Tür und kniete neben dem Mann nieder.

»Ich fürchte, er ist tot«, sagte Mr. Reeder, als er den Morgenrock öffnete und die schweren Wunden sah.

»Der Motorradfahrer hat ihn niedergeknallt, ich habe es deutlich gesehen«, erwiderte der Polizist aufgeregt. »Er hat vier Schüsse abgegeben.«

Reeder untersuchte den Mann, der etwa dreißig Jahre alt sein mochte, eingehend. Das Haar des Fremden war tiefschwarz, sein Gesicht glattrasiert – und er hatte keine Augenbrauen, wie Mr. Reeder zu seiner Überraschung feststellte.

Der Polizist sah es auch, runzelte die Stirn und zog sein Notizbuch heraus. Sorgfältig verglich er die Züge des Toten mit einer Personalbeschreibung, aber dann schüttelte er enttäuscht den Kopf.

»Ich dachte zuerst, daß es sich um jemand handelt, der gesucht wird ...«

»Meinen Sie Mr. Reigate?«

»Ja, aber der kann es nicht sein. Mr. Reigate ist dunkelblond, hat dichte Augenbrauen und einen dunklen Schnurrbart.«

Der Morgenrock war so gut wie neu, und der Schlafanzug bestand aus feinster Seide. Sie durchsuchten die Taschen, und der Polizist zog aus einer einen versiegelten Briefumschlag.

»Den werde ich verwahren und auf dem Revier abgeben ...«, erklärte er, stolz auf seinen Fund, als ihm Mr. Reeder den Brief einfach aus der Hand nahm. Zum größten Schrecken des Polizisten erbrach er die Siegel, öffnete den Umschlag und holte den Inhalt heraus. Es waren fünfzig Banknoten zu je hundert Dollar.

»Hm!« machte Mr. Reeder und kratzte sich am Kopf.

Woher mochte der Mann gekommen sein? Wie kam er in diesem Aufzug auf die Straße?

Mr. Reeder brachte die nächste Stunde damit zu, Antwort auf diese Fragen zu suchen, doch hatte er dabei wenig Glück.

Ein Zeitungsjunge hatte gesehen, wie der Mann auf dem Gehsteig entlanglief. Seiner Meinung nach war er aus der Malpas Road eingebogen – einer Straße, die mit der Brockley Road parallel läuft. Ein Verkehrsschutzmann beobachtete ihn dann, wie er über die Straße lief und kopflos den einzelnen Wagen auszuweichen versuchte. Der Chauffeur eines Lieferautos dagegen versicherte, er habe ihn auf der anderen Straßenseite gesehen und erklärte, der Mann wäre in der entgegengesetzten Richtung gelaufen. Keiner aber konnte eine genaue Beschreibung des Motorradfahrers liefern.

Um zehn Uhr am gleichen Abend versammelten sich die führenden Beamten von Scotland Yard in Mr. Reeders Wohnung. Die Fingerabdrücke des Toten waren bereits mit den Karteien verglichen worden, aber man hatte nichts finden können. Das einzige Erkennungszeichen an der Leiche war ein Muttermal unterhalb des linken Ellbogens, ungefähr so groß wie eine Stachelbeere.

Der Chef von Scotland Yard schüttelte den Kopf.

»So etwas habe selbst ich noch nicht erlebt! Meine Beamten haben in allen Häusern der Umgebung nachgefragt – schließlich kann der Mann in seinem Schlafanzug ja nicht von weither gekommen sein – aber es wird niemand vermißt. Was halten Sie von der Sache, Mr. Reeder? Sie haben doch die Leiche bereits untersucht?«

Mr. Reeder nickte.

»Und konnten Sie sich eine Meinung bilden?«

Der Detektiv zögerte.

»Bevor ich mich äußere, möchte ich mich eigentlich noch mit einer gewissen jungen Dame unterhalten. Leider hat sie kein Telefon – aber ich habe einen Wagen hingeschickt, um sie zu holen.«

»Und wer ist diese junge Dame?«

»Miss Reigate, die Schwester des Toten.«

Es klingelte an der Haustür, und er ging selbst hinunter, um zu öffnen. Es war Miss Reigate, und er führte sie in das kleine Wohnzimmer, das im Erdgeschoß lag.

»Ich muß eine Frage an Sie stellen – und ich wäre sehr froh, wenn Sie mir die richtige Antwort geben könnten. Hat Ihr Bruder irgendwelche besonderen Merkmale, an die Sie sich erinnern?«

Sie nickte lebhaft.

»Ja, er hat ein kleines Muttermal am Unterarm – gleich unterhalb des Ellbogens. Es hat vielleicht einen Zentimeter Durchmesser.«

»Am linken Arm?« fragte Mr. Reeder schnell.

»Ja. Aber warum wollen Sie das wissen? Ist irgend etwas passiert?«

»Ich fürchte – ja«, entgegnete Mr. Reeder freundlich und erzählte ihr, was er vermutete. Sie war fassungslos und ließ sich schluchzend in einen Sessel sinken. Kopfschüttelnd überließ er sie der Obhut seiner Haushälterin und ging in sein Arbeitszimmer zurück, wo er den Beamten von Scotland Yard mitteilte, was er eben erfahren hatte.

»Es war mir von Anfang an klar, daß die Haare gefärbt worden sind. Schnurrbart und Augenbrauen hat man ihm abrasiert.«

»Der Tote soll Reigate sein?« fragte einer der Beamten ungläubig. »Das ist doch nicht möglich! Ich habe eine Fotografie von ihm bei mir – er ist dunkelblond! Und sein Gesicht sieht völlig anders aus!«

»Ich sagte Ihnen ja, sein Haar ist gefärbt – und zwar sehr geschickt. Abgesehen davon machen Sie sich keine Vorstellung davon, wie sehr es den Gesichtsausdruck eines Menschen verändert, wenn man ihm Augenbrauen und Schnurrbart abrasiert.«

Reeder drehte sich um und deutete auf die Dollarnoten, die auf dem Tisch lagen.

»Das alles sind Bestandteile eines einzigen großen Plans. Die Veränderungen am Gesicht Mr. Reigates, das Geld, das in seiner Tasche steckte – und ist Ihnen nicht auch an der Kleidung, die er trug, etwas aufgefallen?«

»Ein starker Kampfergeruch«, entgegnete ein anderer Beamter eifrig. »Ich habe es vorhin dem Chef gesagt. Meiner Meinung nach deutet das darauf hin, daß die Kleidungsstücke lange Monate aufbewahrt worden waren. Er hatte sich wahrscheinlich Kleider für die Flucht beschafft und sie irgendwo versteckt. Kampfer ist doch einer der Hauptbestandteile von Mottenkugeln, nicht wahr?«

Mr. Reeder nickte zuerst, schüttelte dann aber nachdrücklich den Kopf.

»Natürlich wird Kampfer zur Herstellung von Mottenkugeln verwendet. Ich bin überzeugt davon, daß der Kampfergeruch ein sehr wichtiger Hinweis ist – doch mit Ihren übrigen Schlüssen sind Sie auf der falschen Spur. Ich kann Ihnen noch nicht alles sagen, was ich vermute – über vieles bin ich mir selbst noch nicht im klaren.«

Miss Reigate erkannte ihren Bruder; seine Identität stand also einwandfrei fest. Er war durch vier Schüsse aus einem großkalibrigen Browning getötet worden.

Völlig ergebnislos blieben alle Nachforschungen nach dem Motorradfahrer. Man fand nicht den geringsten Anhaltspunkt, der einen Hinweis auf seine Person hätte geben können.

\*

Am nächsten Morgen um neun Uhr ging Mr. Reeder mit einem Beamten in Reigates Wohnung und nahm eine peinlich genaue Haussuchung vor. Es waren im ganzen vier kleine, behaglich eingerichtete Räume, dazu Küche und Bad.

Reigate hatte das größere der beiden Schlafzimmer benutzt. In einer Ecke stand ein kleiner Schreibtisch, an dem er wahrscheinlich seine Privatgeschäfte erledigt hatte.

Daß er im Grunde seines Wesens ein sehr ordentlicher Mensch gewesen war, bewies die Tatsache, daß er über alle seine Spekulationen genau Buch geführt hatte. Neben Stapeln von unwichtigem Aktenmaterial fand Reeder in der letzten Schublade schließlich eine Stahlkassette. Sie war verschlossen, hatte aber ein verhältnismäßig unkompliziertes Schloß, das der Detektiv mit Hilfe eines Sortiments von Nachschlüsseln bald öffnen konnte. Zwei Lebensversicherungspolicen und ein kleines Notizbuch lagen in der Kassette. Das Notizbuch enthielt genaue Angaben über Reigates Privatvermögen. Außerdem fand er einen versiegelten Briefumschlag, machte ihn auf und nahm zwei Yaleschlüssel heraus, die an einem Stahlring hingen. Reeder verglich sie miteinander und sah, daß sie zu verschiedenen Schlössern gehörten. Das war aber auch alles. Wofür sie bestimmt waren, ließ sich aus keinem Anhaltspunkt ersehen.

Reeder zog ein starkes Vergrößerungsglas aus der Tasche, untersuchte die Schlüssel genau und kam schließlich zu der Folgerung, daß sie noch nie benützt worden waren.

Der Boden der Kassette war mit einem Stück schwarzen Filz bedeckt. Reeder hob es hoch und fand darunter ein Blatt Papier, das von einem Notizbuch stammte. In einer schönen, regelmäßigen Handschrift standen verschiedene Notizen darauf; einzelne Worte waren mit roter Tinte unterstrichen. Auf der Rückseite war eine Liste von Straßennamen aufgeführt; neben jedem Namen stand eine Zeitangabe. Mr. Reeder sah, daß die Zeitangaben zwischen zehn Uhr morgens und vier Uhr nachmittags schwankten. Es handelte sich durchwegs um Seitenstraßen, die in der Nähe wichtiger Hauptstraßen lagen. Neben verschiedenen Zeit- und Ortsangaben waren farbige Striche in Rot, Gelb, Blau und Grün gezogen. Allerdings hatte diese Striche jemand mit Bleistift durchgekreuzt und das Wort ›Gelb‹ danebengeschrieben.

»Können Sie sich darauf einen Reim machen, Mr. Reeder?« fragte der Beamte von Scotland Yard, der den Detektiv begleitete.

Reeder zog die Stirn in Falten.

»Es könnte ein Verzeichnis von Treffpunkten sein. Vielleicht wartete an jeder der angegebenen Stellen ein Auto auf Mr. Reigate, das er im Notfall benützen konnte! Den Angaben auf diesem Blatt nach waren es vier Wagen – aber aus irgendeinem Grund ließ sich der Plan so nicht durchführen. Die einzelnen Farben weisen wohl auf ein bestimmtes Kennzeichen hin, das jeweils an den Wagen angebracht war.«

Einige Stunden später erläuterte Mr. Reeder in Scotland Yard seine Theorie vor einem Kreis interessierter Zuhörer:

»Es zeichnet sich immer mehr die Tatsache ab, daß wir es hier mit einer Organisation zu tun haben, die sich vorgenommen hat, alle Banken in London zu plündern. Die Bande ist noch viel gefährlicher, als ich annahm. Wir haben jetzt den Beweis dafür, daß sie vor nichts haltmacht und aufs Ganze geht. Reigate wurde ermordet, weil sie damit rechneten, daß er sie verraten würde. Mit dieser Vermutung hätten sie übrigens höchstwahrscheinlich recht gehabt!«

*

Auch an diesem Abend saß Mr. Reeder wieder in seiner Wohnung und grübelte über den Fall nach. Wie es seine Gewohnheit war, versuchte er, sich in die Lage eines Verbrechers zu versetzen. Er organisierte im Kopf und auf dem Papier verschiedene Bankraube, arbeitete ganze Systeme von Betrügereien aus und stellte sich bis ins einzelne die Schwierigkeiten vor, mit denen eine solche Organisation zu kämpfen hatte. Immer wieder stieß er dabei am Ende seiner Überlegungen auf die Hauptschwierigkeit der Flucht. Wie es der Bande gelang, Leute aus England herauszuschaffen, deren Personalbeschreibung genauestens bekannt war, blieb ihm unerklärlich. Schließlich wußten doch die Verbrecher genau, wie schwer es gerade von England aus war, unbemerkt ins Ausland zu entkommen. Alle Häfen konnte man beobachten, alle Flugplätze schärfstens kontrollieren. Wurde ein Verbrecher gesucht, von dem man annahm, daß er auf den Kontinent flüchten wollte, gab es buchstäblich keinen einzigen Reisenden, den die Polizei nicht genauestens unter die Lupe genommen hätte, bevor er die Insel verließ.

Stundenlang ließ sich Mr. Reeder solche Fragen durch den Kopf gehen.

Natürlich mußte es der Organisator einer Bande vermeiden, daß seine Helfershelfer mit der Polizei in Berührung kamen. Er mußte sie also zu einem Versteck bringen, in dem sie nicht entdeckt werden konnten.

Auch im Fall Reigate lag dies klar zutage. Dem Mann schlug sein Gewissen, und obwohl er sich zuerst in Sicherheit hatte bringen wollen, fand er doch keine Ruhe, bis er sich entschloß, ein volles Geständnis abzulegen. Nachdem er sich zu diesem Entschluß durchgerungen hatte, floh er aus dem Versteck, wo man ihn festhielt, und suchte Reeder auf – seine Schwester hatte ja gesagt, daß er die genaue Adresse kannte.

Gegen Mitternacht erhob sich Mr. Reeder von seinem Schreibtisch, steckte sich die dreißigste Zigarette an, lehnte sich mit dem Rücken an den Kamin und dachte weiter nach.

Als er sich endlich zur Ruhe legte, hatte er das bestimmte Gefühl, daß er der Lösung des Rätsels zumindest nähergekommen war. Alle merkwürdigen Ereignisse der letzten Monate mußten sich aufklären lassen, wenn es ihm nur gelang, noch einige wichtige Umstände zu klären.

*

Am nächsten Morgen saß Mr. Reeder in seinem Büro und las eifrig in einem Buch. Wenn jemand sich die Lektüre des Detektivs genauer angesehen hätte, wäre er bestimmt erstaunt gewesen. Es war nämlich seine Lieblingsbeschäftigung, sich in Märchenbücher zu vertiefen, doch pflegte er dies vor den Augen anderer ängstlich zu verbergen.

Er war fast am Ende des Buches angelangt, als sich draußen jemand räusperte und an die Tür klopfte. Das konnte nur einer der Büroangestellten sein.

Mr. Reeder schob das Buch rasch in die Schreibtischschublade, schloß sie ab und rief laut:

»Herein!«

»Doktor Joseph Clutterpeck möchte Sie sprechen«, meldete der Angestellte.

Mr. Reeder lehnte sich in seinem Stuhl zurück.

»Lassen Sie ihn hereinkommen.«

Mr. Clutterpeck war ein großer, etwas korpulenter Herr von freundlichem Wesen; er sprach mit einem ausländischen Akzent.

»Gestatten Sie, daß ich Platz nehme?« fragte er höflich und saß auch schon, bevor der Detektiv noch nicken konnte. »Ich wollte Sie bitten, Mr. Reeder, einen Auftrag für mich zu übernehmen. Allerdings habe ich gehört, daß Sie schon seit längerer Zeit nicht mehr als Privatdetektiv tätig sind, sondern jetzt im Auftrag der Staatsanwaltschaft mit Scotland Yard zusammenarbeiten.«

Reeder bejahte. Er hatte die Fingerspitzen seiner Hände gegeneinandergelegt und betrachtete seinen Besucher mit einem etwas zweifelnden Blick.

»Ich befinde mich in einer sehr schwierigen Situation«, fuhr Mr. Clutterpeck fort. »Sie müssen wissen, daß ich eine kleine Klinik für Herzleidende und andere Kranke leite – außerdem helfe ich meinen Mitmenschen gern in großzügiger Weise, wenn sie finanziell in Bedrängnis geraten. Ich verleihe zum Beispiel Geld und frage nicht lange nach Sicherheiten. Leider ist meine Gutgläubigkeit schlecht belohnt worden. Ich habe vor kurzem einen großen Verlust erlitten, als ich einem Mann tausend Pfund geliehen habe.« Er beugte sich vertraulich über den Tisch. »Der Mann geriet immer mehr in Schwierigkeiten – sicher haben Sie davon in der Zeitung gelesen –, es handelt sich um Mr. Hallaty.«

Er zuckte bedauernd die Schultern.

»Ohne ein Wort zu sagen ist er abgereist – und hat mir keinen Schilling zurückbezahlt. Wie um mich zu verhöhnen, schreibt er mir jetzt, daß ich ihm eine Medizin für sein Herzleiden schicken soll!«

»Von wo aus hat er denn geschrieben?«

»Von Holland. Übrigens ist das meine Heimat.«

»Haben Sie den Brief bei sich?«

Clutterpeck kramte in seiner Brieftasche und zog ein Blatt Papier heraus. Mr. Reeder erkannte sofort Hallatys Handschrift.

Die Nachricht war nur kurz:

›Lieber Doktor, Sie müssen mir noch einmal ein Rezept für die Herzmedizin ausstellen, die Sie mir seinerzeit verschrieben hatten – ich habe es verloren. Meine Adresse kann ich ihnen vorerst nicht mitteilen, aber bitte rücken Sie eine Annonce in die Times ein.‹

Unterzeichnet war der Brief mit ›H‹.

Mr. Reeders Augen leuchteten auf.

»Kann ich den Brief behalten?«

Mr. Clutterpeck nickte eifrig mit dem Kopf.

»Selbstverständlich. Ich freue mich sogar, wenn Sie sich mit der Angelegenheit befassen. Dieser Mr. Hallaty scheint von der Polizei gesucht zu werden, und ich möchte nichts damit zu tun haben. Mir liegt nur daran, daß ich meine tausend Pfund wiederbekomme. Die Annonce werde ich natürlich in die Times einsetzen. Das tut man ja schließlich schon aus menschlichem Mitgefühl.«

Dr. Clutterpeck gab Mr. Reeder seine Adresse und verabschiedete sich dann. Er hatte kaum das Büro verlassen, als Mr. Reeder schon im Telefonbuch nachsah und sich vergewisserte, daß die Angaben des Mannes stimmten. Den Brief brachte er dem Chefinspektor von Scotland Yard.

»Riechen Sie einmal daran«, sagte er.

Der Beamte folgte der Aufforderung.

»Es ist Kampfer – derselbe Geruch, den auch die Kleider des jungen Reigate hatten. Ich habe sie in der chemischen Abteilung untersuchen lassen, und man sagte mir, es wäre ein besonders präparierter Kampfer, ein wirksames Desinfektionsmittel, das bei ansteckenden Krankheiten verwandt wird.«

Erstaunt sah er dann, daß Mr. Reeder vergnügt die Hände zusammenschlug.

»Das paßt ja alles vorzüglich«, sagte der Detektiv befriedigt und verabschiedete sich ohne nähere Erklärung.

Als er in sein Büro zurückkehrte, berichtete ihm ein Angestellter, daß eine Dame ihn zu sprechen wünsche.

Mr. Reeder runzelte die Stirn.

»Na schön, sie soll hereinkommen.«

Er reichte Miss Reigate die Hand und rückte einen bequemen Sessel für sie zurecht.

»Mr. Reeder«, begann sie nervös, »ich habe ein kleines Notizbuch meines Bruders gefunden. Darin sind alle Summen notiert, die er unterschlagen hat ...«

»Die Summen weiß ich bereits – sie sind aber lange nicht so hoch, wie ich erwartet hatte. Auf keinen Fall lohnte es sich, ihn deshalb gegen Bürgschaft aus dem Gefängnis zu holen.«

»Ich habe noch mehr gefunden.«

Sie legte einen Zeitungsausschnitt auf den Tisch.

Mr. Reeder setzte seine Brille auf und las:

›Wenn Sie in Not kommen, dann schreiben Sie an die Barmherzigen Brüder, Lincoln Inn Fields Nr. 297. Beamte, die in Geldschwierigkeiten geraten und dringend Hilfe brauchen, werden unterstützt, ohne daß sie hohe Zinsen zahlen müssen. Die Rückzahlung der geliehenen Summen erfolgt in Raten, auch auf lange Sicht hin. Sicherheiten werden nicht verlangt. Wir vertrauen Ihnen.‹

Mr. Reeder laß die Zeilen dreimal durch, dann legte er den Ausschnitt vor sich hin.

»Das ist mir vollkommen neu«, erklärte er betreten, fast schüchtern, so daß sie lächeln mußte. »Ich werde feststellen lassen, wie oft solche Anzeigen erschienen sind. Können Sie mir noch sagen, ob Ihr Bruder sich dort Geld geliehen hat?«

»Nein. Ich kann mich aber ungefähr erinnern, wann er die Anzeige ausschnitt – es war vor einigen Monaten. Und als er eines Abends Besuch von einem Freund bekam, und ich den beiden Kaffee brachte, hörte ich zufällig, daß Mr. Hallaty über die Barmherzigen Brüder sprach.«

»Mr. Hallaty?« fragte Reeder erstaunt. »Hat Ihr Bruder denn Hallaty gekannt?«

Sie zögerte.

»Ja. Ich sagte Ihnen doch schon, daß jemand einen schlechten Einfluß auf John ausgeübt hat.«

Er bemerkte, daß sie rot wurde, und es kam ihm jetzt erst zum Bewußtsein, wie hübsch sie war.

»Ich wurde ihm bei einem Ball der Bankbeamten vorgestellt, und es war sehr schwer, ihn wieder loszuwerden.«

Mr. Reeder nickte.

»Haben Sie ihm nicht gesagt, daß er sich zum Teufel scheren sollte? Das klingt zwar etwas unhöflich, ist aber sehr wirksam.«

Sie lächelte.

»Ja, einmal habe ich ihm deutlich zu verstehen gegeben, daß er mich in Ruhe lassen soll. Er kam in unsere Wohnung, als mein Bruder gerade ausgegangen war, und benahm sich so anmaßend, daß ich ihn gar nicht aufforderte, näher zu treten. Ich weiß nicht, wie er mit meinem Bruder bekannt wurde, aber er besuchte ihn ziemlich häufig. Nachdem ich ihn zurechtgewiesen hatte, machte er übrigens keinen Versuch mehr, mich zu sehen, und schien jedes Interesse an mir verloren zu haben.«

»Wissen Sie, daß Hallaty verschwunden ist, nachdem er seine Bank um eine Viertelmillion bestohlen hatte?«

Sie nickte.

»John hat sich sehr aufgeregt, als er das hörte – ein paar Tage sprach er von nichts anderem. Er machte sich Sorgen, und ich weiß, daß er keine Nacht mehr richtig geschlafen hat; ständig ging er in seinem Zimmer auf und ab. Er kaufte von da ab alle Zeitungen und sammelte jede Nachricht, die etwas mit Hallaty zu tun hatte.«

Mr. Reeder überlegte.

»Sie haben doch niemand davon erzählt, daß Sie das Notizbuch und den Zeitungsausschnitt gefunden haben?« fragte er schließlich.

»Doch, der Hausmeister hat beides gesehen. Er half mir dabei, einen Schrank hinauszutragen, fand das Notizbuch unter einer losen Leiste des Schrankbodens und brachte es mir später. Die Kleider meines Bruders hingen in dem Schrank – vielleicht steckte das Notizbuch in einer Tasche.«

Am Nachmittag öffnete Mr. Reeder die Haustür eines großen Gebäudes in Lincoln Inn Fields Nr. 297, stieg die Treppe bis zum vierten Stock hinauf und stand dort vor einem Schild mit der Aufschrift: ›Barmherzige Brüder‹.

Ein Klingelknopf war nicht zu finden. Er klopfte, und jemand fragte mit heiserer Stimme, wer draußen wäre.

Gleich darauf würde die Tür aufgeschlossen und eine Handbreit geöffnet.

Reeder sah einen Mann von ungefähr sechzig Jahren vor sich. Er hatte ein bleiches, aufgedunsenes Gesicht und machte mit seinen struppigen grauen Haaren einen unsauberen Eindruck.

»Was wollen Sie?« fragte er mit fremdländischem Akzent.

»Ich möchte mich nach den ›Barmherzigen Brüdern‹ erkundigen.«

»An diese Adresse können Sie sich nur schriftlich wenden.«

Der Mann wollte die Tür zuschlagen, aber Mr. Reeder hatte bereits den Fuß dazwischengestellt. Mit dem freundlichsten Gesicht, das ihm zur Verfügung stand, schob er den Alten beiseite und trat ein. Von einem winzigen Flur führte eine halbgeöffnete Tür in ein unordentliches kleines Büro; ein Gasofen brannte darin, obwohl draußen die Sonne schien und es ziemlich warm war. Die schmutzigen Fenster sahen so aus, als ob sie schon jahrelang nicht mehr geöffnet worden wären.

»Na, wo verwahren Sie denn Ihre Reichtümer, mit denen Sie andern Leuten helfen wollen?« erkundigte sich Mr. Reeder sarkastisch.

Der Mann warf ihm einen mißtrauischen Blick zu.

Mr. Reeder betrachtete ihn jetzt genauer und mußte feststellen, daß der Alte früher wahrscheinlich bessere Tage gesehen hatte.

Eine Flasche auf dem Tisch verriet, daß er seinen Kummer in Alkohol ertränkte. Allem Anschein nach schlief er auch in diesem Zimmer, wie ein altes Sofa mit schmutzigem Bettzeug bewies.

»Sie müssen einen schriftlichen Antrag stellen, wenn wir Ihnen helfen sollen. Ich selbst bin nur ein Agent – mit der Geschäftsleitung habe ich nichts zu tun.«

»Und mit wem habe ich denn das Vergnügen?«

Der Alte schaute ihn düster an.

»Ich heiße Jones – hoffentlich genügt Ihnen das.«

Mr. Reeder sah sich interessiert in dem Zimmer um. Auf einem kleinen Fensterbrett stand ein hölzernes Gestell mit drei Reagenzgläschen, daneben befanden sich ein halbes Dutzend Flaschen von verschiedener Größe.

»Sie schreiben wohl viel?« fragte Mr. Reeder und deutete auf den kleinen Schreibtisch, auf dem mehrere Schriftstücke lagen.

Der Mann betrachtete die Tintenflecke an seinen Fingern.

»Ja, ich schreibe viel«, entgegnete er dann mürrisch. »Meine. Tätigkeit besteht ja hauptsächlich darin, mit den Antragstellern zu korrespondieren. Außerdem muß ich Bericht erstatten – ich sagte Ihnen ja schon, daß ich nur ein Agent bin.«

»Und wie heißt die merkwürdige Firma, für die Sie tätig sind?«

»Die ›Barmherzigen Brüder‹«, entgegnete Jones. »Das werden Sie doch in einer Zeitungsannonce gelesen haben – sonst wären Sie ja nicht hier. Die Gesellschaft, die unter diesem Namen arbeitet, will nicht, daß ihre Wohltätigkeit allzu bekannt wird. Nur die Bedürftigsten werden unterstützt – mehr kann ich Ihnen nicht sagen.«

Als Mr. Reeder die Treppe wieder hinunterging, schüttelte er betrübt den Kopf. Trotz aller geschickt angebrachten Fragen war es ihm nicht gelungen, die Adresse der ›Barmherzigen Brüder‹ herauszubringen, die angeblich in Südfrankreich wohnten und so selbstlos ihren Mitmenschen halfen.

Es war schon zu spät am Nachmittag, um Tee zu trinken, aber auch noch zu früh, um nach Hause zu gehen. Mr. Reeder nahm sich also ein Taxi und fuhr zu seinem Büro. Auf dem Trafalgar Square überholte ihn ein Wagen, in dem Dr. Clutterpeck saß. Er sah nach der anderen Seite, und Mr. Reeder beugte sich vor und klopfte dem Taxichauffeur auf die Schulter.

»Folgen Sie dem Wagen dort und lassen Sie ihn nicht aus den Augen. Keine Angst vor Strafmandaten – ich bin von der Polizei.«

Mr. Clutterpeck fuhr Pall Mall entlang und um das Kriegerdenkmal herum nach Belgravia. Vor einem pompösen Gebäude hielt der Wagen. Langsam fuhr das Taxi vorbei, und Mr. Reeder sah, daß Dr. Clutterpeck ausstieg. Er ließ sein Taxi ein Stück weiter oben halten, bezahlte den Chauffeur und schlenderte langsam zurück.

Ein Polizist kam auf ihn zu, der Mr. Reeder erkannte und ihm diensteifrig Auskunft gab.

»Was für ein Gebäude das ist, wollen Sie wissen? Das ist der Fremden-Klub. Früher war dort der Banbury-Klub untergebracht – eine Vereinigung von Jagdfreunden –, aber der zog bald wieder aus, und ein Ausländer gründete dann den Fremden-Klub. Ich weiß nicht genau, was sie treiben – wissenschaftliche Vorträge, soviel ich gehört habe, und ab und zu ein Sprachkurs. Die Räume dort sind sehr schön, und das Essen soll ausgezeichnet sein.«

Mr. Reeder hatte von diesem neugegründeten Klub noch nichts gehört und interessierte sich daher lebhaft dafür. Er hatte zwar nicht die Absicht, jetzt hineinzugehen, aber er betrachtete genau die Eingangstür mit den großen Spiegelglasscheiben. Ein Portier in vornehmer Livree stand dahinter.

Das Gebäude bildete mit den wenigen angrenzenden Häusern einen Block für sich. Es wurde flankiert von hohen Mietskasernen, die nicht besonders einladend aussahen, und wirkte dadurch besonders attraktiv. In dem einen Haus befand sich ein Kleidergeschäft, an dem zweiten war unten ein auffallendes Firmenschild angebracht, das Mr. Reeder angelegentlich studierte. Schließlich hatte er einen Rundgang um den ganzen Häuserblock gemacht und langte wieder an dem Punkt an, an dem er seine Wanderung begonnen hatte.

Das Auto Dr. Clutterpecks war inzwischen verschwunden, auch den Portier entdeckte er nicht mehr. Er ging auf die andere Straßenseite und studierte den ganzen Gebäudekomplex von weitem; dann machte er einen zweiten Rundgang um den Häuserblock. Auf der Rückseite blieb er eine Zeitlang vor einer Haustür stehen, an der ein silbrig schimmerndes Namensschild befestigt war. Ein Wagen stand davor, der gerade von einem Chauffeur gewaschen wurde.

Mr. Reeder unterhielt sich ein wenig mit dem Mann und brachte einiges in Erfahrung, dann kehrte er in sein Büro zurück. Er war mit dem Ergebnis seiner Nachforschungen nicht ganz zufrieden, aber er hatte jetzt wenigstens das beruhigende Gefühl, daß er auf dem richtigen Weg war und über kurz oder lang eine wichtige Entdeckung machen würde.

*

Durchaus nicht alle Angestellten der Staatsanwaltschaft hatten Mr. Reeder gern. Er war vor allem deshalb bei manchen unbeliebt, weil er die Bürostunden nicht einhielt und oft noch bis spät abends arbeitete. Dadurch fühlten sich andere Beamte veranlaßt, länger im Dienst zu bleiben, außerdem kam es häufig vor, daß die Putzfrauen sein Büro nicht reinigen konnten, weil er noch vor seinem Schreibtisch saß.

Als Mr. Reeder in seinem Büro angelangt war, kamen ihm doch wieder einige Zweifel, ob er nicht einen Fehler gemacht hatte. Doch jetzt mußte er den einmal eingeschlagenen Weg weiterverfolgen, und so sandte er eine Anzahl von Telegrammen nach einer Reihe über die ganze Welt verstreuter Städte.

Seufzend lehnte er sich dann in seinen Schreibtischsessel zurück, holte aus dem untersten Fach seines Schreibtisches sein geliebtes Märchenbuch und begann darin zu blättern – in diesem Augenblick klingelte das Telefon, Scotland Yard war am Apparat, und zwar der Chefinspektor höchstpersönlich.

»Wir haben Hallaty gefunden – kommen Sie doch bitte herüber.«

Drei Minuten später stand Reeder im Büro des Chefinspektors.

»Lebendig oder tot?« lautete seine erste Frage.

Der Beamte schüttelte bedauernd den Kopf.

»Er ist tot.«

Mr. Reeder seufzte.

»Das habe ich befürchtet. Hallaty war den anderen offensichtlich zu schlau – und zu gefährlich. Er trug doch nicht etwa auch einen Schlafanzug?«

Der Chefinspektor schaute ihn erstaunt an.

»Merkwürdig, daß Sie danach fragen. Einen Schlafanzug trug er zwar nicht, aber eine Art Uniform – so ähnlich wie sie Fahrstuhlführer haben.«

*

Am späten Nachmittag fuhr ein Mann auf einem schweren Motorrad die Straße zwischen Colchester und Calcton entlang. Er hielt einige Male an und fragte nach dem Weg nach Harwich; offensichtlich kannte er sich in der Gegend nicht aus. Einige Zeit nach ihm kam ein leichter Lieferwagen, der in der gleichen Richtung fuhr.

Ein Arbeiter, der an einem Waldrand Holz schlug, sah die beiden Fahrzeuge aus der Ferne und hörte gleich darauf eine Reihe von Explosionen. Er kümmerte sich nicht weiter darum, da er annahm, daß es sich um Fehlzündungen handelte. Nur zufällig sah er noch, daß der Lieferwagen angehalten hatte, gleich darauf aber weiterfuhr. Er dachte nicht mehr an den Vorfall, bis er auf dem Heimweg an der Stelle vorüberkam. Zu seinem Entsetzen entdeckte er einen Mann, der halb im Straßengraben, halb auf der Fahrbahn lag. Der Fremde trug eine dunkelblaue Uniform; am Rücken war sie von mehreren Schüssen durchlöchert. Von dem Motorrad war nichts zu sehen. Schleifspuren bewiesen zwar, daß es quer über die Straße geschlittert war, doch fehlte von der Maschine selbst jede Spur.

Eine Stunde darauf war die Mordkommission von Colchester an Ort und Stelle und suchte die Umgebung des Tatortes ab. Sie fand Glasscherben, die allem Anschein nach von einem zerbrochenen Scheinwerfer herrührten, und entdeckte auch im Straßengraben eine Aktenmappe, die der Mann auf dem Motorrad wohl bei sich gehabt hatte – leider war sie leer.

Der Tote war Mr. Hallaty; er trug kurzgeschnittenes Haar und hatte seinen Schnurrbart abrasiert. Als man seine Kleider genauer untersuchte, fand sich nirgends der Name einer Firma darin – doch unter der Uniform trug er einen seidenen Schlafanzug, der demjenigen von Reigate ähnlich war.

Auch Mr. Reeder fand sich an dem Tatort ein. Er untersuchte den Toten und seine Kleidung genau und kehrte gegen Mitternacht nach London zurück.

Wieder hielt der Führungsstab von Scotland Yard eine Beratung mit Mr. Reeder ab.

»Hallaty war ihnen zu schlau«, erklärte Reeder. »Sie vermuteten – wahrscheinlich hatten sie damit recht –, daß er sie übers Ohr hauen wollte. Schließlich besaß er ein Sportflugzeug, das zu seiner Verfügung stand. Als er damit fliehen wollte, entdeckte er zu seinem Schrecken, daß irgend jemand die Maschine gebrauchsunfähig gemacht hatte. Selbstverständlich waren das nur Vorsichtsmaßnahmen, die von den Führern der Bande getroffen worden waren. Sie zwangen dadurch Hallaty, das zu tun, was sie wollten. Offensichtlich gab er sich aber auch da noch nicht geschlagen und hoffte immer noch, die Bande hinters Licht zu führen und sein eigenes Schäfchen ins trockene zu bringen. Die leere Aktenmappe war vermutlich bis zum Platzen mit Banknoten gefüllt! Von allem Anfang an war mir im übrigen klar, daß er nach Harwich fahren wollte. Dort warteten ein gepackter Reisekoffer und ein Paß auf ihn und dieselbe Vorsichtsmaßregel hatte er in Brighton getroffen. Sie wissen ja, daß man von Brighton mit den Vergnügungsdampfern nach Boulogne hinüberfahren kann.«

»Wollen Sie damit sagen, daß Ihnen das tatsächlich schon alles bekannt war?« fragte ihn daraufhin einer der Beamten.

Mr. Reeder machte ein etwas schuldbewußtes Gesicht und nickte verlegen.

»Na ja, ich hatte eine Ahnung, daß es so kommen würde. Sie wissen ja, daß ich immer versuche, mich an die Stelle des Verbrechers zu versetzen, den ich verfolge – ich tue einfach das, was er auch tun würde. Und meistens geben mir die Ereignisse recht. Meine Beamten haben alle Gepäckaufbewahrungsräume in den Hafenstädten genau kontrolliert, und die Koffer Mr. Hallatys stehen seit vierzehn Tagen in meinem Büro.«

*

Mr. Reeder fühlte sich an diesem Abend ziemlich müde und freute sich, als ihm der Chefinspektor einen Streifenwagen anbot, der ihn nach Hause bringen sollte. Obwohl er sehr abgespannt war, traf er aber doch noch gewisse Sicherheitsmaßnahmen und suchte mit einem der Polizeibeamten sein Haus vom Keller bis zum Dachboden ab. Er ging auch in den hinten angrenzenden kleinen Garten und vergaß keinen Winkel des Kohlenkellers. Zu gut wußte er, daß er einen Fehler begangen hatte, als er den Agenten der ›Barmherzigen Brüder‹ in Lincoln Inn Fields aufsuchte.

Trotzdem schlief er fest bis zum nächsten Morgen. Um sechs Uhr weckte ihn das Klingeln des Telefons, das neben seinem Bett stand. Verschlafen griff er nach dem Hörer und vernahm zu seinem Erstaunen die Stimme Dora Reigates. Sie sprach leise und hastig und schien ziemlich nervös zu sein.

»Mr. Reeder, wäre es Ihnen möglich, gleich zu mir zu kommen? Heute Nacht ist etwas Schreckliches passiert! ... Nein, am Telefon kann ich es Ihnen nicht sagen – bitte kommen Sie doch ...«

Mr. Reeder war nun völlig wach. Mit geradezu unglaublicher Geschwindigkeit zog er sich an, nahm Hut und Mantel und schlug gleich darauf die Haustür hinter sich zu.

Nach einem Telefongespräch mit dem Chefinspektor hatte er die Erlaubnis erhalten, den Streifenwagen die ganze Nacht vor seinem Haus warten zu lassen – denn gerade jetzt wollte er nicht sterben, wie er scherzhaft bemerkte.

Er setzte sich neben den Polizeifahrer – die übrige Mannschaft des Wagens hatte er am gestrigen Abend nach Hause geschickt –, und im schnellsten Tempo fuhren sie zu Reigates Wohnung.

Mr. Reeder war ein wenig aufgeregt und versuchte, mit dem Polizeibeamten ein Gespräch anzuknüpfen, aber der war so müde, daß er kaum hinhörte.

»Es ist nun mal meine Angewohnheit, die Ergebnisse meiner Nachforschungen bis zum letzten Augenblick geheimzuhalten. Die Wirkung ist dann um so größer«, erklärte er eifrig.

»Hm – wirklich ein sonderbarer Fall«, murmelte der Fahrer geistesabwesend.

Mr. Reeder merkte, daß der Mann sich überhaupt nicht für das interessierte, was er gesagt hatte, und hüllte sich von da ab beleidigt in Schweigen.

Als sie vor dem Gebäude ankamen, in dem Miss Reigate wohnte, schloß der Hausmeister eben die Haustür auf. Er war erstaunt, Mr. Reeder so früh zu sehen.

»Ich glaube nicht, daß die junge Dame schon aufgestanden ist«, meinte er kopfschüttelnd.

»Sie ist nicht nur aufgestanden – sie erwartet mich sogar«, entgegnete der Detektiv.

Als er im Lift mit dem Hausmeister nach oben fuhr, fiel ihm etwas ein.

»Sie sind doch der Mann, der das kleine Notizbuch Mr. Reigates gefunden hat?«

»Ja. Es lag auch ein Zeitungsausschnitt darin – aber das wissen Sie ja. Ich habe ihn gelesen und mich darüber gewundert. Eine seltsame Firma – die ›Barmherzigen Brüder‹! Verstanden habe ich die Sache nicht.«

»Und haben Sie außer Miss Reigate noch jemand davon erzählt, daß Sie das Notizbuch gefunden hatten?«

Der Mann überlegte.

»Ja«, sagte er schließlich. »Ein Zeitungsberichterstatter suchte mich auf und bat mich, ihm einige Auskünfte für einen Artikel zu geben. Es war ein sehr flotter junger Mann – ein Pfund hat er mir gegeben.«

Mr. Reeder schüttelte den Kopf.

»Lieber Freund, offensichtlich haben Sie keine Ahnung von Zeitungsleuten, sonst würden Sie wissen, daß Ihnen ein Journalist nur im alleräußersten Notfall Geld anbietet – und auch dann niemals ein Pfund! Na, dem haben Sie also etwas von dem Notizbuch erzählt?«

»Ja.«

»Auch von dem Zeitungsausschnitt?«

Der Hausmeister gab auch das zu.

Dora Reigate öffnete Mr. Reeder selbst die Wohnungstür. Sie sah sehr bleich und angegriffen aus und zitterte am ganzen Körper. Am vorigen Abend war sie erst um elf Uhr nach Hause gekommen. Sie hatte ihre Stiefmutter besucht und sich länger dort aufgehalten, als sie eigentlich vorgehabt hatte. Das Licht im Flur funktionierte nicht, und als sie in die Küche gehen wollte, um dort Licht zu machen, kam jemand aus einem Kleiderschrank, der hinter ihr im Flur stand. Sie war einen Augenblick lang starr vor Schrecken gewesen und wollte dann um Hilfe schreien, doch der Fremde legte ihr die Hand auf den Mund und hielt sie fest. Er flüsterte ihr zu, daß sie keinen Laut von sich geben solle, wenn sie sich ruhig verhielte, würde ihr nichts passieren. Sie war einer Ohnmacht nahe und konnte nicht den geringsten Widerstand leisten, als ihr die Augen verbunden wurden. Irgendwoher tauchten noch zwei weitere Männer auf, sie konnte das aber nur aus dem verschiedenen Klang der Stimmen entnehmen, die sie hörte.

Zwei Männer führten sie ins Wohnzimmer und setzten sie auf einen Stuhl. Sie hatte sich jetzt etwas beruhigt und konnte unterscheiden, daß einer der Eindringlinge mit einem harten, fremdländischen Akzent sprach. Die zwei, die sie hereingeführt hatten, stritten sich miteinander – aber so leise, daß sie kaum verstand, um was es ging.

Ein wenig später packte jemand ihren Arm und schob den Ärmel ihrer Bluse in die Höhe. Gleich darauf zuckte sie unter einem scharfen Stich zusammen.

»Keine Angst«, brummte der Mann, der als erster mit ihr gesprochen hatte.

»Mach das Licht aus«, befahl darauf der Ausländer.

Obwohl ihre Augen verbunden waren, merkte sie, daß es dunkel wurde. Einer der Leute saß neben ihr und hielt ihren Arm.

»Bleiben Sie ruhig und regen Sie sich nicht auf – niemand will Ihnen etwas zuleide tun.«

Dann wurde es ihr schwindlig, sie verlor das Bewußtsein und konnte sich von da ab auf nichts mehr besinnen. Als sie aufwachte, lag sie vollständig angekleidet auf ihrem Bett und war allein. Die Vorhänge waren aufgezogen, und sie glaubte ein Geräusch zu hören, als ob jemand leise die Wohnungstür zumachte. Es mußte ungefähr fünf Uhr morgens sein, der Helligkeit nach zu schließen, die durchs Fenster hereindrang.

Zunächst konnte sie keinen klaren Gedanken fassen, sie hatte aber keine Kopfschmerzen, nur einen merkwürdig trockenen Mund. Als sie aufstehen wollte, taumelte sie und mußte sich eine Zeitlang auf eine Stuhllehne stützen.

»Haben Sie die Polizei benachrichtigt?« fragte Mr. Reeder.

»Nein«, erklärte sie. »Mein erster Gedanke war, Ihnen Bescheid zu sagen. Was haben die Leute denn mit mir gemacht?«

Er untersuchte ihren Oberarm und fand zwei Einstichstellen. Dann sah er sich in dem Schlafzimmer um. Zwei Stühle standen neben dem Bett, und in der Luft lag der unverkennbare Geruch von Zigarren- und Zigarettenrauch. Im Aschenbecher lag ein ganzer Berg von Stummeln, am meisten interessierte Reeder sich aber für einen Füllfederhalter, den die Eindringlinge vergessen hatten – eine Unachtsamkeit, die sich nur dadurch erklären ließ, daß der Füllfederhalter genau die gleiche Farbe wie das Tischtuch hatte. Er berührte ihn nicht mit der bloßen Hand, sondern faßte ihn mit einem Stück Papier an und trug ihn zum Fenster. Auf der glatten Bakelitoberfläche ließen sich deutlich einige Fingerabdrücke erkennen.

Mr. Reeder machte ein sehr ernstes Gesicht, als er sich wieder Miss Reigate zuwandte.

»Bestimmt hatten die Leute nicht die Absicht, Ihnen etwas anzutun. Ich war es, für den sie sich interessierten.«

»Aber warum denn?« fragte sie bestürzt.

Mr. Reeder gab ihr keine Antwort. Er ging zum Telefon und rief einen Arzt an, den er kannte.

»Ich glaube nicht, daß Sie irgendwelche unangenehmen Folgen spüren werden«, sagte er zu Dora, nachdem er den Hörer wieder aufgelegt hatte.

»Was haben sie mir denn gegeben?«

»Sie haben Ihnen eine Dosis Skopolamin injiziert – ein Betäubungsmittel, das die Eigenschaft hat, in einen merkwürdigen Dämmerzustand zu versetzen. Es beseitigt gewisse Hemmungen, so daß eine Person, die unter dem Einfluß des Giftes steht, unter Umständen Dinge sagt, die sie bei klarem Bewußtsein verschweigen würde. Ich kann mir denken, daß die Männer eine ganze Reihe von Fragen an Sie gerichtet haben – hauptsächlich Fragen, die mich betreffen. Wahrscheinlich wollten sie vor allem wissen, was Sie mir erzählt hatten und wieviel ich bereits weiß. Und ich fürchte, Sie haben den Leuten – natürlich ohne Ihr Wollen – viel mehr gesagt, als für mich gut ist.«

Sie sah ihn erstaunt und ungläubig an.

»Aber was waren denn das für Männer, um Himmels willen?«

Mr. Reeder lächelte undurchsichtig.

»Ich glaube, daß ich zwei von ihnen kenne – der dritte aber ist wahrscheinlich der gefährlichste. Na, wir werden sehen.«

Noch am gleichen Morgen hielt die Polizei eine Hausdurchsuchung in Lincoln Inn Fields Nr. 297 ab, aber sie kam zu spät. Die Beamten mußten die Tür aufbrechen, das Zimmer war leer.

Ganze Stapel von Akten waren verbrannt worden, denn es lag viel Papierasche im Kamin. Die Reagenzgläschen waren verschwunden, ebenso die Schriftstücke, die Mr. Reeder auf dem Tisch gesehen hatte. Die Leute im Haus wurden vernommen, aber Mr. Reeder, der natürlich auch dabei war, erhielt nur dürftige Informationen. Mr. Jones, der Agent, hatte das Büro vor einigen Monaten gemietet; man hielt ihn für einen Schweden. Er hatte mit niemand im Haus gesprochen, und verhältnismäßig selten hatte man gesehen, daß ihn jemand besuchte. Die Miete sowie die Gas- und Stromrechnungen hatte er stets pünktlich bezahlt. Aufgefallen war höchstens, daß er manchmal lauthals gesungen hatte. Diese Tatsache ließ sich leicht erklären – man fand in einem Kleiderschrank die stattliche Anzahl von zehn leeren Whiskyflaschen.

Nach Abschluß der Untersuchung überlegte sich Mr. Reeder seine nächsten Schritte. Er hatte jetzt sehr viel Material gesammelt und alle Einzelheiten über die Bankunterschlagungen, die sich im Laufe der letzten Jahre ereignet hatten, zusammengetragen. Immer wieder ging er Namen für Namen die Liste der Bankangestellten durch, die verschwunden waren, nachdem sie ihre Firma um große Summen betrogen hatten.

Er kramte in seinen Taschen und zog nachdenklich die beiden Schlüssel heraus, die er in Reigates Wohnung gefunden hatte. Wenn er nur die Schlösser entdecken könnte, zu denen sie paßten! Wahrscheinlich hätte er dann die Lösung des Rätsels gefunden.

Allerdings glaubte er zu wissen, an welcher Tür das eine Schloß angebracht war – an der Tür des Hauses, das auf der Rückseite des Fremden-Klubs lag.

Lange kämpfte er mit sich, ob er wie bisher völlig selbständig weiterhandeln sollte, dann siegten aber doch die Vernunft und sein Pflichtbewußtsein. Mr. Reeder kehrte in sein Büro zurück und hatte dort eine Unterredung mit seinem Vorgesetzten, dem er seine Theorien entwickelte.

Der Chefinspektor von Scotland Yard lag mit einer leichten Grippe zu Hause im Bett. Während seiner Abwesenheit vertrat ihn sein Assistent, ein im Dienst ergrauter Oberinspektor.

Es war sehr bedauerlich, daß Mr. Reeder und dieser Oberinspektor sich gegenseitig durchaus nicht leiden konnten. Stets herrschte zwischen ihnen jenes gespannte Verhältnis, wie es häufig unter Beamten einer Dienststelle vorkommt.

Der Oberinspektor hatte die Altersgrenze erreicht und sollte in Kürze pensioniert werden. Mit einer Beförderung für ihn war nicht mehr zu rechnen, und er war deshalb so verbittert, daß sich Vorgesetzte und Untergebene gleichermaßen über ihn beschwerten.

Schon äußerlich sah man ihm den Pedanten an. Er war ein kleiner Mann mit scharfem, hagerem Gesicht und einer Glatze. In keiner Weise konnte er großzügig und tolerant denken. Immer rühmte er sich damit, daß er noch zur guten alten Schule gehöre. Diese Schule mußte wirklich schon sehr alt sein, denn die Maßnahmen, die er traf und verteidigte, zeugten von geradezu verstaubter Altmodischkeit.

Mr. Reeder blieb nichts anderes übrig, als ihn aufzusuchen und ihm Bericht über den Fortgang seiner Nachforschungen zu erstatten. Als er seinen Vortrag beendet hatte, runzelte der Oberinspektor wie üblich die Stirn.

»Mein lieber Mr. Reeder«, begann er in seiner dozierenden Art, »bis zu einem gewissen Grad will ich Ihnen nicht unrecht geben, aber unter keinen Umständen kann ich mich Ihrer Theorie anschließen, daß alle diese Verbrechen von einer Stelle aus organisiert wurden. So etwas gibt es doch gar nicht! Mit solchen romantischen Vermutungen kommen wir keinen Schritt weiter. Zunächst einmal spricht die Tatsache dagegen, daß Verbrecher eine Abneigung haben, sich aufeinander zu verlassen. Außerdem wäre bei einer solch großen Organisation, wie Sie sie sich vorstellen, eine derart straffe Disziplin notwendig, wie sie Verbrecher niemals aufbringen könnten! Wenn tatsächlich ein einzelner Mann hinter all diesen Unterschlagungen stehen sollte, kann er auf keinen Fall hundertprozentig auf seine Untergebenen zählen. In England jedenfalls würde er keine Leute finden, die seine Befehle ausführten, ohne Rücksicht auf ihre eigene Sicherheit zu nehmen. – Was Sie aber über den Fremden-Klub sagen, klingt noch phantastischer. Zufällig kenne ich ihn – es ist ein sehr gut geführtes Unternehmen. Jeden Donnerstagabend werden in dem großen Saal Vorträge veranstaltet, für die erste Wissenschaftler gewonnen wurden. Und Doktor Clutterpeck hat schließlich einen ausgezeichneten Ruf.«

Mr. Reeder starrte ihn an, ohne ein Wort zu sagen. Er fühlte, wie die Schadenfreude in ihm hochstieg.

»Ich will gar nicht bestreiten, daß Sie in vielen Einzelheiten recht haben«, fuhr der Oberinspektor fort. »Unternehmen kann ich in der Sache aber gar nichts, bevor nicht Ihre Beobachtungen durch sorgfältige Untersuchungen bestätigt sind. Wir müssen dabei mit äußerster Vorsicht vorgehen! Meiner Meinung nach stehen die Verbrechen – das möchte ich noch einmal betonen – in keinem unmittelbaren Zusammenhang miteinander.«

»Darf ich Sie auf die beiden Schlafanzüge aufmerksam machen? Sie waren aus dem gleichen Stoff und vom gleichen Schnitt«, entgegnete Mr. Reeder höflich.

Der Oberinspektor winkte nur ungeduldig ab. Offensichtlich maß er diesem Umstand keinerlei Bedeutung bei.

Zwei jüngere Inspektoren, die auch an der Konferenz teilnahmen, sahen sich heimlich an. Innerlich mußten sie Mr. Reeder recht geben.

»Übrigens glaube ich«, begann der Oberinspektor, der sich selbst gern reden hörte, von neuem, »daß wir schon jetzt viel zu weit gegangen sind. Ich halte es für möglich, daß wir die größten Schwierigkeiten bekommen, weil wir eine Hausdurchsuchung bei diesem Mr. Jones abgehalten haben. Selbstverständlich habe ich die Sache mit den ›Barmherzigen Brüdern‹ persönlich untersucht, und dabei hat sich herausgestellt, daß diese Institution von verschiedenen karitativen Vereinen aufs wärmste empfohlen wird! Nein, Mr. Reeder, ich glaube nicht, daß ich in Abwesenheit des Chefs irgend etwas unternehmen kann. Ein paar Tage machen ja außerdem keinen großen Unterschied.«

»Aber bedenken Sie denn nicht«, fragte Mr. Reeder unverändert liebenswürdig, »daß bereits zwei Leute ermordet wurden und daß durchaus die Möglichkeit noch weiterer Verbrechen besteht?«

Der Oberinspektor lächelte nur mitleidig über diese Worte und gab mit einer Handbewegung zu verstehen, daß er die Unterredung für beendet hielt.

Draußen auf dem Gang holte einer der beiden jüngeren Inspektoren Mr. Reeder ein.

»Ich wollte mich mit dem Alten auf keine Diskussion einlassen – es wäre doch fruchtlos gewesen«, erklärte er.»Natürlich hat er unrecht. Bitte nehmen Sie zur Kenntnis, daß ich die Verantwortung für alles übernehme, was Sie tun.«

Mr. Reeder verabredete mit ihm, daß sie sich nach dem Abendessen treffen wollten. Dann ging er wieder zum Fremden-Klub, der ihn offensichtlich magisch anzog, vermied es aber, sich an der Vorderfront des Gebäudes sehen zu lassen.

Er schlenderte zur Rückseite des Gebäudekomplexes und paßte eine günstige Gelegenheit ab, bis er sich unbeobachtet an der Tür mit dem silbernen Namensschild zu schaffen machen konnte. Hastig versuchte er erst den einen, dann den anderen Yaleschlüssel; als er den zweiten herumdrehte, öffnete sich die Tür lautlos und gab den Weg in ein dunkles Treppenhaus frei.

Mr. Reeder lauschte angespannt, hörte aber nicht das geringste Geräusch. Eigentlich hatte er erwartet, irgendwo eine Klingel schrillen zu hören. Er zog seine Taschenlampe heraus und leuchtete in den dunklen Gang, der viel breiter und größer war, als er vernutet hatte. Soviel er von der Tür aus sehen konnte, endete er an einer Treppe, die nach oben führte. Gleich links von ihm war eine große Tür, und als er die Decke ableuchtete, sah er eine kugelförmige Lampe; den dazugehörigen Schalter fand er allerdings trotz allen Suchens nicht. Wahrscheinlich konnte sie nur von einem der oberen

Räume aus angemacht werden. Vorsichtig schloß er die Haustür hinter sich und versuchte, die Tür linker Hand mit dem anderen Schlüssel zu öffnen – diesmal hatte er aber keinen Erfolg.

Er überlegte einen Augenblick lang, entschied sich dann aber, keine weiteren Nachforschungen anzustellen und verließ das Haus leise wieder.

*

Zur verabredeten Zeit traf er Inspektor Dance, der ihm angeboten hatte, die Verantwortung für sein Vorhaben zu übernehmen. Dance war einer der fähigsten Beamten Scotland Yards und besaß trotz seiner Jugend einen verhältnismäßig großen Einfluß. Der Chefinspektor schätzte ihn sehr und hatte ihm mehr Selbständigkeit als üblich eingeräumt. Reeder erzählte ihm, was für eine Entdeckung er gemacht hatte, und eine Stunde lang saßen die beiden dann noch in Reeders Büro zusammen und schmiedeten Pläne.

Um neun Uhr verabschiedete sich der Inspektor, und Mr. Reeder öffnete den Safe, der in einer Ecke des Zimmers stand. Er holte ein Lederfutteral heraus, in dem eine großkalibrige Browning-Pistole steckte. Sorgfältig untersuchte er die Waffe, zog das Magazin heraus, zählte die Patronen nach, die darin steckten, und ließ es schließlich wieder in den Griff gleiten. Ein gefülltes Ersatzmagazin steckte er in seine Westentasche, die Waffe ließ er in der Brusttasche seines Jacketts verschwinden.

Der Nachtportier sah auf, als Mr. Reeder das Büro verließ. Der Detektiv hatte den Hut aus der Stirn geschoben und machte ein vergnügtes Gesicht – wie immer, wenn er ein gefährliches Abenteuer vor sich hatte. Seine linke Hand steckte in einem etwas zu weiten gelben Handschuh, den zweiten hielt er elegant zwischen den Fingern.

Zwanzig Minuten vor zehn Uhr stieg er die Treppe zum Fremden-Klub hinauf, trat durch die große Schwingtür und lächelte den Portier freundlich an.

Es war ein großer, breitschultriger Mann mit hartem Gesichtsausdruck.

»Sie wünschen?« fragte er kurz.

Die Angestellten des Fremden-Klubs schienen nicht gerade sehr höflich zu sein, obwohl Mr. Reeder den Eindruck hatte, daß sie in anderer Hinsicht besonders sorgfältig ausgewählt worden waren.

»Ich hätte gerne mit Doktor Clutterpeck gesprochen. Er hat mich bereits einmal in meinem Büro aufgesucht – mein Name ist Reeder.«

Für den Bruchteil einer Sekunde leuchteten die Augen des Portiers auf, aber dann hatte sein Gesicht wieder den gleichen undurchsichtigen Ausdruck wie vorher.

»Oh, Mr. Reeder ...«, entgegnete er. »Der Doktor speist heute abend hier, und er wird sich bestimmt freuen, Sie zu begrüßen.«

Er ging zu einem Telefon und nahm den Hörer ab.

»Eben ist Mr. Reeder gekommen, Doktor – er möchte Sie sprechen.«

Was Dr. Clutterpeck antwortete, konnte Mr. Reeder natürlich nicht hören, aber es dauerte auf jeden Fall sehr lange und erweckte den Eindruck, als ob der Portier eine ganze Reihe von Anweisungen erhielt. Der Detektiv sah, daß der Portier zur Seite trat, so daß er durch die Glastür auf die Straße hinausschauen konnte.

»Nein, es ist alles in Ordnung, Doktor. Mr. Reeder ist allein gekommen. – Oder haben Sie vielleicht einen Freund mitgebracht? Sie könnten ihn ruhig hereinrufen, damit er hier inzwischen Platz nehmen kann.«

Mr. Reeder schüttelte den Kopf.

»Ich habe keinen Freund«, entgegnete er mit betrübtem Gesicht. »So sehr ich mich auch darum bemühe, gelingt es mir doch nie, mit anderen Menschen vertraut zu werden.«

Der Portier, der den Hörer wieder aufgelegt hatte, sah ihn neugierig an. Offensichtlich hatte er viel von Mr. Reeder gehört und wußte nicht recht, was er von ihm halten sollte. Mit stillem Vergnügen glaubte der Detektiv zu bemerken, daß der Portier von dem altmodischen, gemütlichen Aussehen des berühmten Verbrecherschrecks fast ein wenig enttäuscht war.

Das Telefon schrillte, und der Portier nahm den Hörer wieder ab.

»In Ordnung, Doktor. Ich werde ihn hinaufbringen.«

Der Portier geleitete Mr. Reeder zu einer Tür am anderen Ende der Halle. Nachdem er sie geöffnet hatte, sah der Detektiv eine kleine, luxuriös ausgestattete Fahrstuhlkabine vor sich. Mr. Reeder ging hinein und drehte sich schnell um. Er hatte erwartet, daß der Portier ihm folgen würde, aber der Mann schloß die Tür und blieb zurück.

Gleich darauf setzte sich der Lift in Bewegung. Im zweiten Stockwerk hielt er an. Die Tür glitt automatisch zurück, und vor Mr. Reeder stand Dr. Clutterpeck. In einem tadellos geschneiderten Smoking machte er einen ausgesprochen distinguierten Eindruck. Im übrigen war er die Liebenswürdigkeit selbst und streckte dem Detektiv vergnügt die Hand zur Begrüßung entgegen.

»Ich freue mich, daß Sie gekommen sind, Mr. Reeder. Es ist eine große Ehre für mich. Wollen Sie mir bitte in mein Büro folgen?«

Er ging durch einen langen, schmalen Flur voraus, wandte sich dann nach rechts und stieg eine Treppe hinunter. Soweit Reeder es beurteilen konnte, befanden sie sich jetzt im ersten Stock. Sonderbar, daß der Fahrstuhl an diesem Stockwerk vorbeigefahren war.

Dr. Clutterpeck öffnete eine Tür linker Hand, und sie traten in einen vornehm eingerichteten behaglichen Raum. Ein schwerer Teppich bedeckte den Boden. Mr. Reeder hatte das Gefühl, als ob sich darunter noch eine Gummipolsterung befände.

»Dies ist mein Arbeitszimmer«, erklärte Dr. Clutterpeck. »Was darf ich Ihnen anbieten, Mr. Reeder?«

Der Detektiv sah sich um.

»Kann ich ein Glas Milch bekommen?«

Dr. Clutterpeck war durchaus nicht erstaunt.

»Natürlich, können Sie haben.«

Er drehte sich um und sprach gegen die Wand: »Ein Glas Milch für Mr. Reeder.«

Schmunzelnd wandte er sich wieder seinem Besucher zu.

»Ich habe hier ein Mikrophon einbauen lassen, um nicht immer klingeln zu müssen. Aber vielleicht ist es Ihnen lieber, wenn ich es abschalte.«

Er drehte einen Schalter, der auf der Platte des mächtigen Diplomatenschreibtisches angebracht war.

»So, jetzt können wir ganz ungestört reden – niemand kann uns hören. Machen Sie es sich bequem, Mr. Reeder. Wollen Sie nicht Ihren Handschuh ausziehen?«

»Danke, sehr freundlich, aber ich will nur ein paar Minuten bleiben. Ich bin vor allem deshalb hergekommen, um einige Fragen an Sie zu richten. – Vor kurzem habe ich gehört, daß dieser Klub mit einer wohltätigen Gesellschaft in Verbindung steht, deren Vertreter ein älterer Herr namens Jones ist.«

Clutterpeck lachte.

Wenn er überrascht war, so ließ er es sich auf jeden Fall nicht anmerken.

»Merkwürdig, daß Sie gerade davon sprechen. Tatsächlich kenne ich den alten Jones sehr gut – ich habe lange Zeit für seinen Unterhalt gesorgt. Und mit der wohltätigen Gesellschaft meinen Sie doch die ›Barmherzigen Brüder?‹ Nun, die gibt es tatsächlich. Manche Leute haben von dieser Institution, die ihren Sitz in Südfrankreich hat, schon viel Geld erhalten.«

Mr. Reeder nickte bedächtig.

»Ja, das scheint mir auch so. Ich habe mich heute abend mit einem meiner Vorgesetzten darüber unterhalten, und wir erörterten vor allem, ob diese Gesellschaft wohl irgendwelche verbotenen Dinge betreibt. Er hält das für ausgeschlossen. Ich kann mich dieser Meinung zwar nicht ganz anschließen, glaube aber doch, daß die ›Barmherzigen Brüder‹ Leuten, die in Not sind, Geld zu einem sehr niedrigen Zinssatz leihen.«

Clutterpeck beobachtete ihn scharf. Was bezweckte Mr. Reeder mit seinen Ausführungen?

»Wir beschäftigten uns mit der Sache, weil uns ein Vermerk im Notizbuch des unglücklichen Mr. Reigate darauf brachte«, fuhr Mr. Reeder fort. »Der junge Mann wurde vor meiner Haustür erschossen, und in dem Notizbuch lag ein Zeitungsausschnitt mit einer Annonce der ›Barmherzigen Brüder‹. Dazu kamen noch einige andere, recht seltsame Dinge – ach ja, zwei Yaleschlüssel haben wir auch in seinem Schreibtisch gefunden, die die Angelegenheit noch geheimnisvoller machten.«

»Ich weiß zwar nicht, warum Sie mir das alles erzählen«, begann Dr. Clutterpeck, »muß aber doch zugeben, daß mich dieser Fall interessiert. Vielleicht können wir uns bei Gelegenheit noch einmal darüber unterhalten. Etwas ganz anderes – konnten Sie etwas über diesen Hallaty in Erfahrung bringen? Sie erinnern sich doch, der Mann, der mir tausend Pfund schuldete und der sich jetzt in Holland aufhält. Ich habe Sie seinerzeit in dieser Sache aufgesucht.«

»Mr. Hallaty ist nach England zurückgekehrt«, entgegnete Mr. Reeder ernst. »Er wurde in Essex erschossen – wahrscheinlich war er über Hoek van Holland nach Harwich gekommen und wollte ...«

Es klingelte, und Dr. Clutterpeck öffnete eine Tür in der Holztäfelung, die zu einem kleinen Speiseaufzug führte. Freundlich lächelnd servierte er Mr. Reeder ein Glas eisgekühlter Milch.

Der Detektiv kostete vorsichtig. Seinem feinen Geschmack konnte er vertrauen; wenn irgendein Betäubungsmittel in das Getränk gemischt worden wäre, hätte er es sofort gemerkt. Zufrieden nahm er einen größeren Schluck und stellte dann das Glas wieder auf das Tablett. Dr. Clutterpeck hatte er unterdessen nicht aus den Augen gelassen; fast hatte er den Eindruck, daß der Doktor erleichtert aufatmete.

»Um einen großen Gefallen wollte ich Sie noch bitten, Doktor. Ich habe in der letzten Zeit so viel von Ihrem Klub gehört, daß ich mir Ihre Räume sehr gerne einmal anschauen würde.«

Clutterpeck zog die Stirn etwas mißmutig in Falten.

»Tut mir leid, Mr. Reeder, aber das kann ich nicht tun. Der Klub gehört übrigens nicht mir, das ist ein Irrtum von Ihnen. Außerdem sind in den Satzungen strenge Anordnungen enthalten, daß die Mitglieder des Klubs in bestimmten Klubräumen nicht gestört werden dürfen.«

»Wie viele Mitglieder haben Sie denn?«

»Sechshundertunddrei.«

Mr. Reeder nickte.

»Stimmt. Ich habe das Verzeichnis gesehen. Es sind hauptsächlich Ehrenmitglieder, die an den Vorträgen in dem großen Saal im Erdgeschoß teilnehmen. Zu gerne möchte ich aber eine Liste Ihrer wirklichen Mitglieder sehen.«

Clutterpeck schaute ihn sehr nachdenklich an. Dann stand er plötzlich auf.

»Na schön, kommen Sie mit – ich werde sie Ihnen zeigen.«

Er ging an Mr. Reeder vorbei, öffnete die Tür und trat zur Seite, um ihn durchzulassen.

»Oder wünschen Sie vielleicht, daß ich vorausgehe?« fragte er mit einem sonderbaren Lächeln und ließ den Worten die Tat folgen.

Mr. Reeder wußte, daß das eine Kriegserklärung war; vorsichtig folgte er ihm die Treppe hinauf. Oben schritten sie wieder durch den langen Flur und machten an der Fahrstuhltür halt. Clutterpeck drückte auf einen Klingelknopf.

Als der Fahrstuhl heraufgekommen war und die Tür sich geöffnet hatte, schien die gleiche Kabine vor ihnen zu liegen, die Reeder vorher benützt hatte – jedenfalls hatte sie den gleichen schwarzweißen Bodenbelag und war auch sonst genauso ausgestattet. Und doch hatte er das Gefühl, daß diese Kabine ein wenig neuer und sauberer aussah als die andere. Reeder hob den Fuß und setzte ihn auf den Boden der Kabine – der Boden gab nach, aber Mr. Reeder war darauf gefaßt gewesen. Er warf sich zurück und hörte gleichzeitig, daß etwas an seinem Kopf vorbeisauste. Es war ein Totschläger, der mit lautem Krach gegen die Wand prallte.

Mr. Reeder hatte das Gleichgewicht wiedergefunden. Er war etwas in die Knie gegangen, drehte sich jetzt halb um seine eigene Achse, schnellte hoch und landete einen gewaltigen Uppercut auf Dr. Clutterpecks Kinn.

Der Doktor stürzte wie vom Schlag getroffen zu Boden. Kein Wunder, denn Mr. Reeder hatte unter seinem schönen gelben Handschuh einen Schlagring versteckt gehalten.

Einen Augenblick stand der Detektiv mit dem Browning in der Hand regungslos da und schaute auf den halb bewußtlosen Mann zu seinen Füßen nieder.

Clutterpeck blinzelte und versuchte mühsam, sich aufzuraffen.

»Los, stehen Sie nur auf«, sagte Reeder, »aber halten Sie die Hände ruhig.«

Im gleichen Augenblick gingen alle Lichter aus.

Reeder duckte sich blitzschnell und trat einen Schritt zurück, dabei stieß er mit jemand zusammen, der plötzlich hinter ihm stand. Wieder schlug er zu, traf aber diesmal ins Leere. Ein Schuß fiel so dicht neben seinem Ohr, daß ihn der Knall fast betäubte; das Mündungsfeuer versengte ihm die Backe, so nahe war der Lauf seinem Gesicht. Reeder hob den Browning und feuerte zweimal in der Richtung, in der er den anderen vermutete. Dann versank er plötzlich in eine Dunkelheit, die noch schwärzer war als die, die ihn umgab. Ein Schlag auf den Hinterkopf hatte ihn bewußtlos zu Boden geworfen.

»Machen Sie Licht, Doktor! Hat er jemand getroffen?«

Plötzlich wurde es wieder hell. Der Portier lehnte an der Wand und betrachtete mit zusammengekniffenen Lippen sein Handgelenk und seinen Arm, von dem das Blut zur Erde tropfte.

Ein anderer, kleinerer Mann stand über Mr. Reeder gebeugt.

»Helfen Sie mir, ihn fortzuschaffen.«

Der Doktor untersuchte die Verwundung des Portiers.

»Nicht schlimm, nur ein leichter Streifschuß. Binden Sie Ihr Taschentuch darum. Sie haben Glück gehabt, Fred.«

Clutterpeck wandte sich nun Mr. Reeder zu. Er schien durchaus nicht besonders wütend auf ihn zu sein – im Gegenteil, er bewunderte ihn.

Zusammen mit dem kleineren Mann schleppte er den Detektiv den Gang entlang und brachte ihn in sein Arbeitszimmer zurück. Dort setzten sie den Bewußtlosen in einen Sessel.

»Er wird bald wieder zu sich kommen«, sagte Clutterpeck.

Der kleine Mann, der zuletzt gekommen war, sah Mr. Reeder neugierig an.

»Ist das wirklich der berühmte Detektiv?« fragte er ungläubig.

Clutterpeck nickte.

»Ja, das ist er«, entgegnete er grimmig. »Da gibt es gar nichts zu lachen, Baldy. Der hat mehr Leute ins Gefängnis gebracht als irgendein anderer.«

»Sieht aber ziemlich dürftig aus!« brummte Baldy.

»Holen Sie mir mal ein Glas Wasser.«

Der Mann brachte das Gewünschte. Clutterpeck nahm das Glas und besprengte das Gesicht des Detektivs.

Mr. Reeder öffnete gleich darauf die Augen und sah sich um. Man hatte ihm den Handschuh ausgezogen und den Schlagring abgenommen.

»Sie sind ein ganz gerissener Fuchs, Reeder«, sagte Clutterpeck freundlich. »Wenn ich nicht ein solcher Dummkopf gewesen wäre, hätte ich wissen müssen, daß Sie den Schlagring unter dem Handschuh versteckt hatten.«

Er fuhr sich mit der Hand über das geschwollene Kinn und grinste.

»Wollen Sie etwas trinken?«

Er öffnete eine kleine Bar, in der sich eine Anzahl von Flaschen und Gläsern befand.

»Ein Kognak wird Ihnen sicher guttun.«

Er goß ein Glas voll und reichte es dem Detektiv.

Mr. Reeder trank es langsam aus. Dann tastete er mit der Hand nach dem Kopf und befühlte eine riesige Beule. Aber sonst schien er nicht verletzt zu sein.

»Es ist gut, Baldy, Sie können gehen. Wenn ich Sie brauche, klingle ich«, sagte Clutterpeck. Als der Mann gegangen war, fuhr er fort: »Nun wollen wir zur Sache kommen – wissen Sie eigentlich, wer ich bin?«

»Ihr Name ist Redsack«, erwiderte der Detektiv ohne zu zögern, »und Sie werden schon lange von der Polizei gesucht.«

Clutterpeck nickte liebenswürdig.

»Stimmt genau. Wie haben Sie das nur herausgebracht? Ich muß Ihnen gestehen, daß ich Ihren Scharfsinn bewundere! Wir wollen uns einmal ganz ausgiebig unterhalten, und ich werde offen mit Ihnen sprechen. Sie wollten ein bestimmtes Ziel erreichen – das ist Ihnen mißglückt. Sie wissen natürlich, welche Folgen Ihr Pech für Sie hat, Reeder, und Sie werden verstehen, daß ich Sie aus dem Weg schaffen muß. Aber trinken Sie doch noch ein Glas Kognak!«

»Danke, ich habe genug.«

»Vielleicht möchten Sie lieber eine Tasse Tee?«

Clutterpecks Liebenswürdigkeit war nicht gespielt. Er sprach zwar kaltblütig das Todesurteil über Reeder, der ihm ja auch nach dem Leben trachtete, aber persönlich hatte er eigentlich gar nichts gegen ihn einzuwenden. Alle, die sich auf dies gefährliche Spiel einließen, mußten mit dem Tod rechnen, wenn etwas schiefging.

»Ja, ich würde ganz gern eine Tasse Tee trinken.«

Clutterpeck schaltete das Mikrophon ein und gab die Bestellung weiter, dann drehte er es wieder ab.

»Sie können übrigens nicht behaupten, daß Sie den wirklichen Doktor Clutterpeck nicht kennen«, meinte er und grinste.

Mr. Reeder nickte, hielt stöhnend den Kopf aber gleich wieder still.

»Ich weiß, ich weiß – in Lincoln Inn Fields habe ich mit ihm gesprochen. Er nennt sich jetzt Jones, nicht wahr? Ein ziemlich unangenehmer Kerl.«

»Damit können Sie ihn nicht abtun – ich halte ihn für einen schlauen alten Fuchs«, unterbrach ihn Redsack. »Auf seine Weise ist er fast so schlau wie Sie. Ich habe ihn zufällig auf der Straße aufgelesen, als ich seinerzeit nach England kam. Sein ganzes Geld gab er für Whisky aus und schlief auf den Bänken am Themseufer. Holland hatte er schon vor zehn Jahren verlassen, und in England kannte er keinen Menschen. Das brachte mich auf den Gedanken, selbst den Namen Clutterpeck anzunehmen. Ihm war es gleichgültig! Was soll ich noch sagen, Reeder – das ganze Unternehmen hat sich gelohnt, es war ein glänzendes Geschäft. Wenn ich heute abend endgültig mit der Sache Schluß mache, brauche ich mir wegen Geld keine Sorgen mehr zu machen.

Mit zehntausend Dollar in der Tasche kam ich nach England. Sie können sich ja denken, wie ich mir dieses kleine Grundkapital angeeignet habe. Es gefiel mir in England, und ich staunte, wie leicht man hierzulande ein Vermögen machen kann. Ihre Landsleute sind alle so verdammt ehrlich!«

Er lehnte sich behaglich in seinen Stuhl zurück, stand dann aber gleich auf, öffnete die kleine Tür des Speiseaufzugs und nahm eine Tasse Tee heraus.

»Sie können ihn ruhig trinken«, sagte er. »Wenn Sie Wert darauf legen, nehme ich zuerst einen Schluck davon. Mit Giftmischen habe ich mich noch niemals befaßt, und ich kann die feigen Burschen, die andere mit Hilfe von Gift um die Ecke bringen, auf den Tod nicht leiden. Wissen Sie, warum ich in Sing-Sing so schwer bestraft wurde? Als sich einmal eine Gelegenheit bot, habe ich einen Kerl verhauen, der seine Frau und seine Schwiegermutter vergiftet hatte. Nicht ausstehen konnte ich den Lumpen! Natürlich hat er den Wärtern erzählt, ich hätte einen Fluchtversuch vorbereiten wollen und ihn zu überreden versucht, mit mir auszubrechen. Na ja, das ist alles schon so lange her, daß es kaum mehr wahr ist. Trinken Sie nur Ihren Tee, Mr. Reeder, er wird Sie munter machen.«

Der Detektiv kam der Aufforderung nach und stellte die Tasse vor sich hin, nachdem er sie ausgetrunken hatte.

»Ja, und jetzt wollen Sie wohl wissen, wie es weiterging. Ich war noch keinen Monat in England, als ich einen jungen Bankangestellten kennenlernte, der durch Rennwetten viel Geld verloren hatte. Er half sich durch eine geschickte kleine Unterschlagung. Das erzählte er mir, als er sich die Nase eines Abends gründlich begossen hatte. Bei mir fiel der Groschen, und ich sah plötzlich die Möglichkeit vor mir, nach der ich schon lange gesucht hatte. Ich wurde mit ihm einig, organisierte die Sache, und er konnte nach einer neuen, noch gründlicheren Unterschlagung mit hunderttausend Dollar ins Ausland gehen.«

Redsack lehnte sich vor und klopfte energisch mit dem Fingerknöchel auf die Tischplatte.

»Sagen Sie nun nicht, daß ich ihm gegenüber mein Versprechen nicht gehalten hätte. Wir haben ehrlich Halbe-Halbe gemacht. Am schwierigsten war es, ihn einen Monat lang hier in London zu verstecken und dann unerkannt außer Landes zu bringen. Zum erstenmal ist mir dabei klargeworden, daß England auf allen Seiten vom Meer umgeben ist! Um die auftretenden Schwierigkeiten zu überwinden, bediente ich mich Doktor Clutterpecks. Ich mietete einige Räume in der Harley Street für ihn, und dort markierte er den großen Spezialarzt. Aber ich hatte ständig Ärger mit ihm, weil er immer betrunken war. Zweimal wäre die Sache beinahe schiefgegangen, als er schwerkranke Patienten über den Kanal brachte.«

Er lachte. Die Erinnerung schien ihm das größte Vergnügen zu bereiten.

»Sie wissen ja, Reeder, wie es ist, wenn man sich auf zweitklassige Leute verlassen muß, weil man nicht alles selbst tun kann. Solche verdammten Kerle können einem alles verderben.«

»Wann haben Sie denn die Klinik für ansteckende Krankheiten eröffnet?«

Clutterpeck lachte schallend und schlug sich mit der Hand auf das Knie.

»Das ist ja ein Hauptspaß! Ich wußte gar nicht, daß Sie auch das herausbekommen haben. Sie sind wirklich großartig. Nun, die Klinik richtete ich ein, nachdem zwei der Leute versucht hatten, uns zu betrügen. Wir setzten die Annonce von den ›Barmherzigen Brüdern‹ einmal wöchentlich in eine Anzahl von Zeitungen. Natürlich bekamen wir daraufhin Tausende von Anfragen, aber wir warteten immer, bis wir einen Bankbeamten in passender Stellung fanden, der uns Geld beschaffen konnte. Sie haben ja keine Ahnung, wie leicht diese Menschen auf die schiefe Bahn geraten! Sobald wir die Betreffenden ausgesucht hatten, schickten wir ihnen eine Mitteilung, daß sie auf Empfehlung irgendeiner angesehenen Persönlichkeit als Mitglieder in den Fremden-Klub aufgenommen worden wären.

Wir hatten eine ganze Menge Privaträume, denn die Mitglieder durften sich auf keinen Fall untereinander kennenlernen. Sie bekamen gutes Essen und öfters Freikarten fürs Theater, so daß sie sich bei uns recht wohl fühlten. Wie sie allerdings annehmen konnten, daß sich das alles für zwanzig Dollar im Jahr machen ließ, ist mir rätselhaft!

Wenn wir sie erst einmal im Fremden-Klub hatten, wurden sie von den ›Barmherzigen Brüdern‹ betreut. Ich mußte mich natürlich erst vergewissern, ob man den Kunden trauen konnte. Mit Einzelheiten will ich Sie nicht langweilen, aber es war meist sehr leicht, sie für unseren Plan zu gewinnen. Ich möchte behaupten, daß in den meisten Menschen ein Dieb steckt – aus Angst vor Strafe und weil sie nicht wissen, wie man ihr entgehen kann, bleiben sie jedoch auf dem geraden Weg. Die schwierigste Frage für sie war immer, wie sie unauffällig aus dem Land verschwinden konnten. Alle diese Sorgen nahmen wir nun den Leuten ab. Wir verschafften ihnen Pässe und brachten sie sicher ins Ausland, wo sie nicht so leicht entdeckt werden konnten. Der Mann zum Beispiel, der die Bank von Liverpool um eine halbe Million erleichterte, wurde von uns auf einem Schleppdampfer von England nach Belgien expediert. Selbstverständlich fuhr er nicht von Dover ab, sondern wir brachten ihn von London auf dem Wasserweg hinüber. Auf einer Tragbahre kam er an Bord, auf dieselbe Weise drüben wieder an Land. Er war so verbunden, daß die Leute mitleidig der Bahre nachschauten. Heute lebt er als reicher Mann in Südamerika.

Wir halfen den Leuten in jeder Beziehung, Reeder.

Bedenken Sie, daß mein oberster Grundsatz lautete: Dienst am Kunden.

Übrigens waren Sie natürlich auf der richtigen Spur, als Sie die Tür auf der Hinterseite des Gebäudes öffneten. Damals hielten Sie es für besser, nicht weiter in das Haus einzudringen – hätten Sie es getan, hätten Sie die ›Krankenstation‹ gefunden, in der wir unsere Kunden ein oder zwei Monate lang in Schutz nahmen. Dort sind sie so sicher wie in Abrahams Schoß, dort passiert ihnen nichts! Dann bringen wir sie vertragsgemäß an einen Ort, wo sie ungestört die Früchte ihrer Taten genießen können. Wie gesagt – das ist wahrer Dienst am Kunden!«

Redsack schien auf seine Erfolge sehr stolz zu sein.

»Keinen einzigen Mißerfolg hatten wir anfangs zu verzeichnen. Natürlich verlangten wir dafür auch genaueste Erfüllung der Abmachungen. Hallaty zum Beispiel versuchte, uns übers Ohr zu hauen. Zunächst gab er nicht alles Geld her, um das er die Bank betrogen hatte, sondern versteckte die Hälfte in einem kleinen Wirtshaus an der Landstraße nach Essex. Außerdem versuchte er, auf eigene Faust seine Flucht zu bewerkstelligen. So etwas konnten wir natürlich nicht dulden!

Auch mit diesem Reigate hatten wir Pech. Man sollte es nicht glauben, aber er bekam tatsächlich Gewissensbisse. Und dabei hatten wir alles aufs beste für ihn geordnet! Auf dem Weg nach Gravesend sprang er aus dem Krankenwagen, und es blieb uns nur ein Ausweg: Baldy, der den Transport auf dem Motorrad begleitete, mußte ihn auf offener Straße niederschießen. Sie werden verstehen, daß wir keinesfalls das Risiko eingehen konnten, ihn etwas ausplaudern zu lassen.

Nur gut – das fällt mir gerade wieder ein –, daß Sie damals nicht weiter in das Haus eindrangen. Glauben Sie ja nicht, daß wir sonst heute so vergnügt miteinander plaudern könnten. Die ganze Zeit über, als Sie am Hauseingang herumstöberten, war ein Maschinengewehr auf Sie gerichtet – und Baldy hatte den Finger am Abzug. Aber offensichtlich haben Sie Lunte gerochen – oder Detektiven Ihrer Sorte steht ein besonderer Schutzengel zur Verfügung. Na, offen gestanden bin ich glücklich, daß wir Sie damals nicht umlegen mußten. Sie sind wirklich ein so kluger Mann, daß ich es tief bedauert hätte, Sie nicht persönlich näher kennengelernt zu haben.«

Redsack sagte das in vollem Ernst. Mit dem Ausdruck ehrlicher Betrübnis schüttelte er den Kopf.

»Ich wünschte nur, ich könnte die Sache anders für Sie arrangieren – aber Sie haben nun einmal Ihre bestimmten Aufgaben zu erfüllen, genauso konsequent wie ich die meinen.«

Mr. Reeder lächelte sein eigenartiges Lächeln.

»Es tut mir ja auch leid, Redsack – aber was soll man tun? Auf jeden Fall bin ich Ihnen zu Dank verpflichtet, daß Sie mich noch so gründlich informiert haben. Darf ich so unbescheiden sein, noch eine kleine Bitte zu äußern? Wenn ich schon einmal – hm – sterben soll, dann möchte ich wenigstens vorher wissen, was Sie sich in der Beziehung ausgedacht haben.« Mr. Reeder machte eine Pause. »Soll ich in diesem interessanten Gebäude, das mehr einem Fuchsbau als einem Haus gleicht, das Zeitliche segnen? Oder haben Sie sich irgendeine besondere Methode zugelegt?«

Redsack schaute ihn bewundernd an.

»Sie können reden wie ein Buch, Mr. Reeder! Stundenlang könnte ich Ihnen zuhören – obwohl ich von Rechts wegen eigentlich wütend auf Sie sein sollte. Der Kinnhaken, den Sie mir versetzt haben, war wirklich nicht von Pappe. So überrascht war ich in meinem ganzen Leben noch nicht.«

Er strich sich vorsichtig mit der Hand über die geschwollene Kinnpartie.

»Wie ich Ihnen bereits versichert habe, bin ich Ihnen deshalb aber nicht im mindesten böse. Was die Art betrifft, wie ich Sie ins Jenseits befördern muß – ich betone muß –, so denke ich, daß der einfachste Weg der beste ist. Machen wir es doch So, wie es in den USA Sitte ist – eine kleine Spazierfahrt im Auto, und dann ..., nun ja. Wenn Sie irgendeine besondere Gegend wünschen, will ich Ihnen gerne entgegenkommen, Mr. Reeder. Eine Bedingung muß ich allerdings stellen: Es darf nicht zu weit entfernt sein, damit ich vor Tagesanbruch wieder hier sein kann.«

Mr. Reeder dachte einen Augenblick nach.

»Am liebsten wäre mir natürlich Brockley, Mr. Redsack; schließlich bin ich dort zu Hause. Auf der anderen Seite sehe ich ein, daß diese dicht besiedelte Gegend für Ihre Zwecke nicht gerade günstig ist. Was halten Sie denn von einer der Hauptstraßen, die aus London hinausführen?«

Redsack nickte, schaltete das Mikrophon ein und gab einen Befehl.

Dann zog er aus einem Schulterhalfter, das er unter der Jacke trug, einen kurzläufigen Revolver hervor und prüfte ihn sorgfältig.

»Einverstanden. Am besten, wir brechen gleich auf.«

Er ging voraus, öffnete die Tür und machte eine einladende Handbewegung.

Mr. Reeder trat auf den Gang hinaus.

»So – jetzt rechts um die Ecke!«

Mr. Reeder folgte der Aufforderung gehorsam und stand gleich darauf vor einer Wand, die den Gang abschloß.

»Hier befindet sich eine Tür – sie wird sich sofort öffnen«, erklärte Redsack freundlich.

Die beiden warteten einige Sekunden, aber es ereignete sich nichts.

Kopfschüttelnd ging Redsack an Reeder vorbei und hantierte an einer Bodenleiste. Darauf zeigte sich in einer Ecke ein schmaler Spalt, der langsam größer und größer wurde, bis eine Öffnung in Türbreite entstanden war.

»Was ist denn los?« rief Redsack wütend, doch dann warf er sich plötzlich zur Seite, riß seinen Revolver heraus und feuerte zweimal.

Inspektor Dance, der in der Öffnung aufgetaucht war, hatte Glück – das erste Geschoß riß ihm nur den Hut vom Kopf, das zweite ging zwischen Arm und Jackett durch.

Er erwiderte das Feuer mit einer knatternden Serie von Schüssen aus seiner Dienstpistole, aber Redsack hatte sich mit raubtierhafter Gewandtheit bereits geduckt; mit einem mächtigen Satz warf er sich zurück und verschwand gleich darauf um die Ecke des Gangs.

Einige Schüsse aus seinem Revolver, die den Verputz von der Wand schlugen, zwangen seine Verfolger zur Vorsicht, und als Inspektor Dance wenige Sekunden darauf unter dem Feuerschutz einer Maschinenpistole den Gang entlangstürmte, kam er bereits zu spät. Er hörte nur noch das Geräusch des Fahrstuhls.

Dann erloschen mit einem Schlag alle Lichter, und sie sahen sich im Schein ihrer Taschenlampe einen Augenblick lang verwirrt an.

»Wir müssen zurück!« rief Dance ärgerlich.

Sie rannten den Gang entlang und durch die Tür, die zu einer steilen Treppe führte. Als sie unten ankamen, sah Mr. Reeder, daß sie den hinteren Ausgang des Hauses erreicht hatten.

Im nächsten Augenblick standen sie im Freien – aber sie waren nicht schnell genug gewesen. Der Motor eines schweren Sportwagens, der an der Ecke stand, heulte auf, der Wagen machte einen förmlichen Satz nach vorne und war gleich darauf um die Ecke verschwunden.

Die Beamten, die Dance begleitet hatten, eilten zu ihrem eigenen Wagen, aber Reeder winkte nur enttäuscht ab.

»Die beiden Schlüssel haben gut gepaßt«, erklärte ihm Dance hastig. »Ich hatte das Gefühl, daß Sie in eine gefährliche Lage geraten waren, deshalb erschien ich fünf Minuten vor der festgesetzten Zeit.«

Er sah, daß sich Mr. Reeder den Kopf hielt.

»Sind Sie verletzt?« fragte er besorgt.

»Nein, nur wütend.«

Schnell durchsuchten sie die in der Nähe liegende Garage und fanden darin das beschädigte Motorrad, auf dem Hallaty seinen Fluchtversuch gemacht hatte. Auch das Krankenauto stand hier, mit dessen Hilfe Redsack seinen Schützlingen zur Flucht verholfen hatte.

»Wenn es mir der Oberinspektor nur erlaubt hätte, mehr Leute mitzunehmen! So konnte ich nicht einmal das Gebäude umstellen«, sagte Dance ärgerlich. »Wie kommen wir denn nun in die ›Krankenstation?‹«

Es dauerte lange Zeit, bis sie endlich den Geheimgang fanden und die entsetzten ›Patienten‹ verhaften konnten, die darauf warteten, außer Landes gebracht zu werden.

Als sie nach Scotland Yard zurückkamen, fanden sie dort einen zerknirschten Oberinspektor vor, der eifrig bemüht war, seinen Irrtum wiedergutzumachen.

Er tat alles, was in seinen Kräften stand, um Reeder zu helfen. Inzwischen hatte er ein Telefongespräch mit dem Chefinspektor geführt, und was dieser ihm gesagt hatte, war ausreichend gewesen, um den Oberinspektor für den Rest seiner Dienstjahre zu blamieren.

Noch in der gleichen Nacht wurde das ganze Gebäude sorgfältig durchsucht. Mr. Reeder entdeckte dabei einen kleinen gepanzerten Raum, der offensichtlich als Safe gedient hatte. Er war leer. Redsack und seine Komplicen hatten ihre Beute nicht im Stich gelassen.

Eine Nachricht an alle Polizeistationen war sofort durchgegeben worden. Jedes Auto, das London verlassen wollte, wurde angehalten, in allen Häfen machte man auf den auslaufenden Schiffen Kontrollen.

Aber es war zu spät.

Um fünf Uhr morgens lichtete ein Schlepper, der im Hafen von Greenwich gelegen hatte, die Anker und dampfte langsam den Strom hinunter. Er signalisierte mit Gravesend und fuhr dann hinaus aufs offene Meer.

Trotzdem sollte Mr. Redsack nicht ungestraft entkommen. Nach einigen Stunden zeigte sich eine dunkle Rauchwolke am Horizont, und bald darauf tauchte ein graues Schiff auf, das mit höchster Fahrt auf den Schlepper zubrauste. Es war ein kleiner, flinker Torpedobootzerstörer. Als er nahe genug herangekommen war, erschien auf dem Mast ein Flaggensignal.

Der Kapitän des Schleppers stürzte aufgeregt in den Speisesalon und machte seinem Passagier, der den Dampfer gechartert hatte, Mitteilung davon.

»Es ist ein Zerstörer der englischen Marine – er hat signalisiert: ›Drehen Sie bei. Wollen Schiff durchsuchen.‹«

Redsack überlegte.

»Und wenn wir das nicht tun?«

»Dann versenkt er uns«, entgegnete der Kapitän bestürzt. »Es bleibt uns gar nichts anderes übrig, als sie an Bord kommen zu lassen.«

»Na schön, meinetwegen«, entgegnete Redsack gleichmütig.

Er wandte sich an Fred, den früheren Portier, der neben ihm stand und leichenblaß war.

»Wenn ich sicher wüßte, daß sie mich nach Sing-Sing zurückbrächten, wäre es mir gleich. Sing-Sing ist ein Gefängnis, in dem ich mich wie zu Hause fühle. Aber hier in England würde man mich wahrscheinlich nach Dartmoor bringen. Soviel ich weiß, wird doch in Dartmoor gehenkt, nicht wahr?«

Er überlegte, während der Schlepper seine Maschinen stoppte und ein Kutter des Zerstörers näher und näher kam. Dann ging er in die kleine Kabine und schrieb eine kurze Nachricht auf ein Blatt Papier, das er aus seinem Notizbuch gerissen hatte:

Mein lieber Mr. Reeder, gestern abend sagte ich Ihnen bei unserer Unterhaltung – an die ich gerne zurückdenke –, daß einer von uns beiden dran glauben müßte. Es sieht so aus, als ob ich derjenige bin.‹

Mit fester Hand setzte er seinen Namen darunter und steckte sich dann eine Zigarre an.

Als er hörte, daß der Marinekutter gegen den Schiffsrumpf polterte und nach einigen kurzen Kommandos Schritte über das Deck trappelten, warf er die Zigarre in den kleinen Ofen und erschoß sich.

## Über tredition

### Eigenes Buch veröffentlichen

tredition wurde 2006 in Hamburg gegründet und hat seither mehrere tausend Buchtitel veröffentlicht. Autoren veröffentlichen in wenigen leichten Schritten gedruckte Bücher, e-Books und audio-Books. tredition hat das Ziel, die beste und fairste Veröffentlichungsmöglichkeit für Autoren zu bieten.

tredition wurde mit der Erkenntnis gegründet, dass nur etwa jedes 200. bei Verlagen eingereichte Manuskript veröffentlicht wird. Dabei hat jedes Buch seinen Markt, also seine Leser. tredition sorgt dafür, dass für jedes Buch die Leserschaft auch erreicht wird.

Im einzigartigen Literatur-Netzwerk von tredition bieten zahlreiche Literatur-Partner (das sind Lektoren, Übersetzer, Hörbuchsprecher und Illustratoren) ihre Dienstleistung an, um Manuskripte zu verbessern oder die Vielfalt zu erhöhen. Autoren vereinbaren direkt mit den Literatur-Partnern die Konditionen ihrer Zusammenarbeit und partizipieren gemeinsam am Erfolg des Buches.

Das gesamte Verlagsprogramm von tredition ist bei allen stationären Buchhandlungen und Online-Buchhändlern wie z. B. Amazon erhältlich. e-Books stehen bei den führenden Online-Portalen (z. B. iBookstore von Apple oder Kindle von Amazon) zum Verkauf.

Einfach leicht ein Buch veröffentlichen: **www.tredition.de**

## Eigene Buchreihe oder eigenen Verlag gründen

Seit 2009 bietet tredition sein Verlagskonzept auch als sogenanntes "White-Label" an. Das bedeutet, dass andere Unternehmen, Institutionen und Personen risikofrei und unkompliziert selbst zum Herausgeber von Büchern und Buchreihen unter eigener Marke werden können. tredition übernimmt dabei das komplette Herstellungs- und Distributionsrisiko.

Zahlreiche Zeitschriften-, Zeitungs- und Buchverlage, Universitäten, Forschungseinrichtungen u.v.m. nutzen diese Dienstleistung von tredition, um unter eigener Marke ohne Risiko Bücher zu verlegen.

Alle Informationen im Internet: **www.tredition.de/fuer-verlage**

tredition wurde mit mehreren Innovationspreisen ausgezeichnet, u. a. mit dem Webfuture Award und dem Innovationspreis der Buch Digitale.

tredition ist Mitglied im Börsenverein des Deutschen Buchhandels.

## Dieses Werk elektronisch lesen

Dieses Werk ist Teil der Gutenberg-DE Edition DVD. Diese enthält das komplette Archiv des Projekt Gutenberg-DE. Die DVD ist im Internet erhältlich auf **http://gutenbergshop.abc.de**

Zeitfracht Medien GmbH
Ferdinand-Jühlke-Straße 7
99095 Erfurt, Deutschland
produktsicherheit@kolibri360.de